舞姬・花的圆舞曲

[日] 川端康成 著
陈德文 译

陕西师范大学出版总社

雅众文化 出品

目 录

舞姬

皇居的护城河

东京日落时分是四点半左右，这时正当十一月中旬……

出租汽车刺耳地怪叫一声停住了，车尾喷出了黑烟。

这辆车后边拖着炭包和柴袋，还吊着一只歪歪扭扭的旧水桶。

听到后面车子的警笛声，波子回过头去。

“我好怕，我好怕呀!”

她缩起肩膀，紧靠着竹原。

接着，她把手举到胸前，似乎要捂住脸孔。

竹原发现波子的手指尖儿不住颤抖，吃了一惊。

“怎么啦？……怕什么呀?”

“会被人看到的，好像会被人看到的呀!”

“啊……”

原来是这样，竹原看看波子。

从日比谷公园后头进入皇居前广场，其间的交叉路口上车辆很多，下班的人们来来往往。他们两个人那辆车堵在道路中间，后头还停着两三辆，左右的车流连续不断。

后面顶住车尾的车子向后一倒，头灯照进他们车内，波子胸前的宝石闪闪发光。

波子黑色西装外套的左胸别着一枚胸针，细长的葡萄形，白金的蔓子，碧玉的叶子，点缀着几颗钻石葡萄。

配合着项链，她还戴着一副珍珠耳环。

不过，耳环掩在头发里，时隐时现。因为穿着白色蕾丝绣衣，颈上的珍珠不太显眼。绣衣的花边似乎是白的，但也可能是淡白的珍珠的颜色。

那花边直到乳沟之下，滑爽、柔软，为此种年龄的她，平添了几分高雅。

而且，蕾丝的领口不是高得直挺挺的，从耳下打上几个褶子，一直向前，越来越圆浑而又深邃，使那细长的脖颈看上去波浪起伏。

薄明之中，波子胸前宝石的闪光，仿佛也在向竹原求援。

“被人看见？在这种地方，有谁会看见呢？”

“矢木……还有高男……高男对他父亲言听计从，一直监视我呢。”

“你丈夫不是在京都吗?”

“不知道。再说，谁知道他什么时候回来。”波子摇着头，“都是你叫我乘坐这样的车子。很久以来，你就净干这种事!”

这时，车子吱呀一声又开动了。

“哦，又走了。”

波子小声说。

这辆车在十字路口冒黑烟，交警也看见了，没有过来拦截，因为停的时间非常短暂。

波子的恐惧似乎依然留在脸上，她用左手捂住面颊。

“叫你乘这种车,我反倒挨骂了……”竹原说，“因为我看见你冲开人群，逃也似的出了公会堂，神色很是慌张。”

“是吗?我自己倒没有感觉到，也许是这样的。”

波子低着头说。

“今天也是，走出家门时，忽然戴了两枚戒指呢。”

“戒指?”

“是的。是丈夫的财产啊……如果碰到了丈夫,看到这宝石,他就会想到,自己不在家的期间,东西也没有丢。矢木会很开心的……”

波子说话的当儿，车子又吱呀一声停住了。

这回，司机下了车。

竹原盯着波子的戒指说：

“你是有意想让矢木先生看到，才佩戴宝石的吧？”

“是的。不过也没有特别在意，只是偶然想起。”

“好叫人惊奇啊。”

波子似乎没有听见竹原说什么。

“真讨厌，这车子……又坏啦，真可怕。”

“烟好大啊。”

竹原望着后面的车窗。

“看来要打开盖子点火呢。”

“这种鬼汽车，我们下去走走吧。”

“先下车再说。”

竹原好容易推开车门。

车子停在通往皇居前广场的护城河桥上。

竹原走到司机那里，回头看了看波子。

“急着回家吗？”

“不，没关系。”

司机用一根长长的旧铁棍，打开炉盖，搅得炉膛嘎啦嘎啦直响。似乎在引火。

波子避开人眼，俯视护城河里的水，竹原走了过来。

“今晚家里只有品子一个人。那孩子一看我回去晚了，就问去干什么了，到哪儿去了，两眼泪汪汪的，随时要哭的样子。她是不放心我来着。她可不像高男那样监视着我。”

“是吗？不过，你刚才谈到宝石，我很纳闷。宝石本来不是你的吗？你们家里的生活，不是还像往常一样，一切都是靠你支撑着吗?”

“是这样。我虽然没有太大的力量……”

“这事确实很难办。”

竹原看着波子有气无力的样子说：

“我真不理解你丈夫是怎么想的。”

“这是矢木家的家风。打结婚那天起，从未改变过。已经成了习惯。竹原君你不是老早就知道吗?”

波子继续说下去：

“也许结婚前就是如此，从婆婆那一辈人起……矢木的父亲死得早，婆婆一手将矢木拉扯大，又培养他读书。”

“这和那时候不同。战前，靠你那一笔陪嫁钱，过着富裕的生活。现在也不一样了。这一点，矢木先生比谁都清楚。”

“这我知道。矢木他说过，人人都各自背着一个痛苦的包袱，痛苦的包袱若是太重，就会带来其他后果，比如对另外的事情或熟视无睹，或束手无策。其实，我们也能互相理解。”

“别犯傻啦！矢木先生有些什么痛苦，我不知道，可是……”

“日本战败后，矢木心里的美好理想也破灭了。他说他自己就是古老日本的亡灵……”

“又嘟囔什么亡灵不亡灵的，难道波子夫人在家里的痛苦，他都打算视而不见？……”

“他不光是视而不见，东西减少，矢木也会感到很不安，所以他才监视我的行为。对于零花钱都计较得很厉害。我担心，一旦到了一无所有的时候，矢木可能会自杀的。一想起这个，我就害怕。”

竹原也不由打了个寒噤。

“所以你就戴两枚戒指出来了？……矢木先生倒不是亡灵，而波子夫人你也许是亡灵附身了呢。对于父亲这种卑怯的态度，一直袒护他的高男，又是怎么看呢？他也不是个孩子了吧。”

“哎，他也很苦恼。在这一点上，他是同情我的。他看到我工作，说想退学去找活儿干。不过那孩子对于父亲这位学者，一直无比敬仰。所以，要是他一旦怀疑起父亲，指不定会变成什么样子呢。好可怕呀。这些话，在这里说说也就算了……”

“好的，以后静下心来，再听你细说。可我刚才看到你那样害怕矢木先生，真是于心不忍啊。”

“对不起，不说这些了。我有时会因为恐怖而精神不正常，像癫痫，又像歇斯底里……”

“是吗?”

竹原有些将信将疑。

“真的，刚才车子停了，实在有些受不了，现在好了，没事了。”波子说着抬起头来，“多么美丽的晚霞啊!”

天空的颜色似乎也映在项链的珍珠上了。

午前晴天，午后云淡，这样的天气已经持续两三日了。

这是地地道道的薄云呢，日暮后的西边天空，云彩和暮霭互相交织、融和；然而，迷蒙的夕雾之所以带有微妙的色彩，也是因为有云朵的关系。

霞光照耀的天空，烟霭低垂，朦胧而甘美地继续包裹着昼间的温热，然而其中也开始透露着秋夜的寒凉。深红的晚霞的颜色，正好也是这样的感觉。

红彤彤的天空，有的带着绛紫，有的显露薄红，也有极少处略显绛黄、淡蓝。还有的是别样的颜色。这些色彩，一概溶于暮霭之中，看样子一直是低俯不动，实际上早已渐渐移转，消泯，无影无踪了。

接着，皇居森林的梢顶，仍然保留一带狭长的蓝天，犹如横空飞起一条彩练。

这一条蓝天，没有丝毫浸染晚霞的色彩，于黝黑的森林和深红的彩云之间，描画出一道鲜丽的境界。这一带蓝天，看上去似乎十分辽远，静寂而悲戚。

“多么美丽的晚霞！”

竹原说道，他只不过重复刚才波子的话罢了。

竹原只是顾及着波子，才跟着说晚霞是美丽的。

波子继续望着天空。

“从现在到冬天，晚霞很多。难道你不觉得，这晚霞令人想起孩子时代的情景吗？”

“是吗？”

“冬天虽说很冷，但是外面可以看到晚霞。大人骂道，这样会感冒的。啊……我呀，爱看晚霞，说起来，原以为也是受到矢木感化的缘故，其实从幼年起就是如此。”

波子转向竹原。

“你说奇怪不奇怪？刚才那座日比谷公会堂前边和公园出口，不是各有四五棵银杏树吗？虽然都是一排相同的树，但每棵树发黄的程度都不一样。有的树叶子落得很多，也有的树落得很少。看样子，树木也各各有着不同的命运哩……”

竹原沉默不语。

“我正在迷迷糊糊思考着银杏树命运的当儿，车子嘎嗒嘎嗒停了。我简直吓了一大跳，就害怕起来了！”

波子看了看汽车。

“修不好啦，站在旁边等下去，人家会注意的，到对面去吧。”

竹原给司机打了招呼，一边付钱，一边回头。波子已经横着穿过了马路，一副活泼而又年轻的背影。

护城河对过正面，麦克阿瑟司令部大楼顶上，刚才还一直飘扬着的美国星条旗和联合国的旗子，转眼之间已经不见了。也许正碰上降旗的时候。

司令部大楼上面东边的天上没有晚霞，高高的薄云渐渐消散。

竹原心里明白，波子容易感情冲动，看着她那风风火火的背影，想到波子自己所说的“恐怖发作”期，大概的确像她说的一样过去了。

竹原也来到了马路对过。

“看你十分显眼地穿过车流，想必是像跳舞一样地在运气吧？”

他轻描淡写地说。

“是吧，你是在开我的玩笑呀！”

于是，波子迟疑了一下。

“我也开个玩笑……行吗？”

“对着我吗？”

波子点点头，俯首沉思。

司令部的白粉墙，从正面映入护城河，窗户里的灯影也照进河水里了。

但是，大楼的雪白影像很是淡薄，不知不觉之间，唯有灯光印在水面上。

“竹原君呀，你觉得幸福吗？”

波子低声问道。

竹原回过头来，闷声不响，波子的脸色泛起红晕。

“你现在已经不再向我提这类问题了，不是吗？过去是经常挂在嘴边的。”

"对，那是二十年前了。"

"二十年没有提了，所以现在我要替你问了。"

"这就是对我开的玩笑?"

竹原笑了。

"现在不问也明白。"

"你过去不明白吗?"

"那也是明知故问呀。对于一个幸福的人，谁还会问'你是幸福的吗'这种问题呢?"

竹原说着，向皇居走去。

"对于你的这桩婚事，我当时就认为是错误的。所以你结婚前和结婚后我都向你问过。"

波子点点头。

"可是又一次，忘记是什么时候了，好像是西班牙女舞蹈家来访，你们结婚之后五年吧？在日比谷公会堂，我偶然碰见了你。你的座席是楼上靠前边的贵宾席，有你的芭蕾舞同伴，还有你的丈夫。我坐在后头，一直躲躲闪闪的。可是你一看到我，就立即跑上来，坐到我的身边，再也不动了。我想，这对你丈夫和朋友们都不好，劝你回原来的座位，你说就要坐在我身旁，保证不说话，老老实实的……就这样，一直到终场，两个多小时，你始终坐在我的旁边。"

"是这样的。"

“我有些忐忑不安，矢木先生不时向上面看，你就是不肯下去。那时我真感到迷惘。”

波子放慢脚步，蓦然伫立不动了。

竹原看到皇居前广场入口立着一块木牌：

> 这座公园是大家的公园，请保持清洁……

“这里也是公园？已经变成公园了吗？”

看完厚生省[1]国立公园部竖立的木牌，竹原问道。

波子向广场的远方遥望。

“我家高男和品子，战争期间，两个幼小的男女初中学生，经常从学校到这里来抬土、拔草。孩子们一说要去宫城前，矢木就叫孩子们用冷水洗干净身子。”

“那时的矢木先生，就是这样的吧。那座宫城，如今也不叫宫城，而称皇居了。”

皇居上空的晚霞，渐次淡薄，灰色向四方扩散，反衬着东边的天空，依然保有昼间的明净。

然而，那为皇居森林镶边的一带蓝天，尚未

1 厚生省：现名厚生劳动省，日本负责医疗卫生和社会保障的部门。

消泯，呈现着铅灰色，愈加深邃。

森林里三四棵长得较高的松树，插向一带蓝天，在迷离的霞光里描画着黝黑的松影。

波子边走边说：

“天黑得真快啊！离开日比谷公园的时候，议事堂的尖塔还是一片桃红色呢。”

那座国会议事堂，早已被晚霞包围，顶端红灯闪烁。

右首的空军司令部和总司令部楼上，也同样闪烁着红灯。

总司令部窗户里的灯火，越过护城河岸的松林明灭可睹。松树下面，一对对情侣，人影幢幢。

波子犹疑地停下脚步，竹原也看到了那些情侣们寒战战的身影。

“这里太冷清了，到对面去吧。”

波子说道，两人折回去了。

看到那些幽会的人影，两人都感到，他们自己也是以幽会的方式走在一起的。

竹原送波子去东京车站，路上车子出了毛病，这才下来步行。但是，是波子打电话，邀他出席日比谷公会堂的音乐会，所以从一开始，他们就是幽会无疑。

可是，两个人都过四十岁了。

谈论过去，就是谈论爱情。波子谈到自己的身世，听起来就是一场爱的苦诉。这样的年月，在他们之间流逝了。这种岁月，既是两人的纽带，又是两人的阻隔。

“你不是说感到迷惘吗？是什么使得你迷惘呢？”

波子回到原来的话题。

“是这样，那个时候……我还年轻，对于你的心理，我判断不清。放着矢木先生不管，一直坐在我的身边，这真是一个胆大妄为的行动啊！你当时为何会做出这种决断呢？究竟是怎么一回事？想来想去，觉得你以前就容易感情冲动，有时很叫人害怕，莫非脾气又上来了？我当时认为肯定是这个原因……”

“刚才，波子夫人你不也说是发作吗，那时和刚才假如都是感情的发作，那还是有很大区别的。那时你根本不把京都的丈夫放在眼里；可现在，你对身在京都的那位丈夫，时时感到胆战心惊……”

竹原说道。

“当时，要是带着你悄悄溜出公会堂，二人一同远走高飞更好，对吗？那时我还没有结婚呀！”

“可我都有孩子啦。”

“不过，当时我对你的所谓幸福的理解，也许也是错的。那个时代的我，还很年轻，始终相信：女人一旦结婚，她的幸福只能从家庭生活里寻找……”

“现在也是一样啊。”

“也是，也不是。”

竹原轻声而又坚定地说道：

“但是，那时你之所以能够离开矢木先生，安然坐到我身边，说明你的婚姻是幸福的、平和的。当时我想，你信赖着矢木先生，对他十分放心，所以任着性子、凭感情用事也可以得到原谅。当时只不过是看到我，一时感到怀念罢了。你坐到我身旁，也未曾感到有什么对不住矢木先生的地方。不过，你一直坐着不走，就有点儿反常了。你一句话不说，我感到不便，甚至不敢侧面看你一眼。那时候，我真的感到很迷惘呀！”

波子默默不语。

“矢木先生的外表也迷惑了我。那样一个温厚的美男子，看到他，谁能想象他家里会有个不幸的妻子？要是没有幸福，总会令人觉得只能怪妻子不好。眼下也一样啊。那是前年或大前年的事吧，我租住你家别墅厢房那段期间，一次你说没钱缴电灯费，我把工资袋给了你，你泪流满面地说，工资袋还没打开过……你还说，自从结婚之后，你从来没见到过丈夫的工资……我很吃惊，当时我首先想到的是你不好，矢木先生反而显得神气十足。更何况过去，你们俩走在一道，人家都回头瞧看一番。你们的婚姻一开始就错了。我尽管心里这么想，但让我问你是否幸福，那就像是怀疑自己的眼睛。你没有回答,也是当然的事。”

“你不是也没有回答我吗?”

“我?”

“嗯。刚才我问过你了呀。”

“我们很平凡。”

“会有平凡的婚姻吗？你说谎。大凡结婚，总都是非凡的呀!”

“但我这个人可不像矢木先生那般非凡……”

竹原试图转一个话题。

“不是。看看我的那些同学,大体也都是这样。不是说一个人非凡，结婚也就非凡，而是说即使是两个平凡的人走到一起，他们的婚姻也会变得非凡起来。”

“真伟大啊!”

“又是真伟大，什么时候学会的口头禅？……

像大人糊弄孩子一样，讨厌不讨厌呀?”

波子柳眉上挑，向竹原的脸上睃了一眼。

“每当谈起家里的事，都是听我一个人说。”

波子主动岔开话题。

她有时也想试着诘问竹原，内心为此焦躁不已，但对于竹原的家事，她从不插嘴。

“那车子还没有发动，在冒烟呢。”

波子笑着说。

日比谷公园上空升起了月亮。这是初三初四的新月，那弯弓般的形状，不偏不倚，直立云间。

两人来到护城河岸。

望着水里的灯影，伫立不动了。

司令部窗户的灯光从正面射来，河水里晃漾着悠长的火影。右边河岸上的一排柳树和左首稍高的石崖，还有石崖上的松树，都在火影里映现出黯淡的影像。

“今年中秋赏月，大概是九月二十五六对吧?”波子说。

“这里的照片登在报纸上了。画面是司令部上空的圆月啊……也有火影。那排窗户也在水里映出一条条亮光。可上面还有一缕光影，那似乎就是明月的影像。”

“报纸上的照片，能看得这样清楚吗?”

“是的，就像明信片一样，我印象很深。城墙的石崖和松树都照进去了，照相机似乎是安放在那边柳树之间的。”

竹原感到了秋夜的寒气，像是催促波子快走一般，边走边说：

“你把这些事情也对孩子们说吗？那会使得他们变得柔弱的。”

“柔弱？……我也柔弱吗？”

“品子走上舞台就会变得强韧起来，但将来她要是像母亲就糟啦。”

渡过护城河，再向左转。日比谷方面走来一群警察，皮带上的金属零件闪闪发光。

波子让到一旁，紧靠竹原，抓住他的胳膊。

“所以嘛，我希望你能支持品子，保护她。”

“比起品子来，你……”

“我在许多地方，都已经仰仗了你的帮助，不是吗？在日本桥有一处排练场，也是托竹原君你的福呀……而且现在你保护品子，也就等于保护我。”

波子避开警察之后，依然靠路边在河岸柳树下走着。

那些垂柳的细叶大多还没有飘落。

可是，电车线路旁的一排排悬铃木，靠这边

的叶子刚刚泛黄，而另一侧同样是悬铃木，树叶早已落光，只剩赤裸裸的树干了。也许是被公园的树木挡住了阳光。仔细一看，这里的一排街道树，也有的叶子大都散落，有的还郁郁青青。

竹原想起波子说的话："树木也各各有着不同的命运哩……"

"要是没有战争，品子现在说不定在英国或法国的芭蕾舞学校跳舞呢。我也许会跟她一道去。"波子说。

"那孩子，正当上学的时光都给耽搁了，再也夺不回来啦！"

"品子还年轻，今后的路还远着呢……不过，你不是也考虑过那种摆脱的方法吗？"

"摆脱？……"

"从婚姻里摆脱……离开矢木先生，逃到外国去……"

"哦，那是？……我只考虑品子，我活着就是为了女儿……现在也是……"

"逃到孩子们中间去，这是作为母亲的一种摆脱的方法啊。"

"是吗？但是我的做法更偏激，像个疯子。品子成为芭蕾舞演员，是我终生的梦想……品子就是我。我们偶尔会分不清，到底是我为品子牺牲，还是品子为我牺牲。倒也无所谓了。每每想起这些，就感到我们自己能力有限，实现不了啦。”

波子漫不经心地向下看了看。

“啊，鲤鱼，银鲤鱼！”

她大声叫着，望着河水。她用手撩开垂在脸前和肩头的柳枝。

护城河流到日比谷十字路口，在这里拐了个弯。

河水一角里，一条银鲤纹丝不动，若浮若沉，好似停在水的中央。因为是拐角，积了些垃圾，唯有这里，清浅见底。也沉下了一些落叶，但也和鲤鱼一样，在水里纹丝不动。其中也有悬铃木的落叶。波子拂动的柳叶散落在水面。河水浑浊，微微带着浅黄。

借着司令部的灯光，竹原也凝神瞅着鲤鱼，但他马上又后退一步，仔细瞧着波子的背影。

波子玄色的裙子一直收紧到裙裾，展露出腰部至腿脚的线条。

打从青春时代起，竹原就从波子的舞姿里发现了这一点，这是一种激动人心的线条。女人的身段至今未变。

然而，那时候的波子的背影，如今却变换为

站在夜间护城河岸边窥视鲤鱼的背影，对于这一点，他实在有些受不住。

“波子夫人，你要看到什么时候啊？”

他厉声喊道：

“走吧！你不能再盯着那种东西看啦！”

“为什么呀？”

波子转过身子，从柳树下面回到人行道。

“那么小的一条鲤鱼，谁也不会瞧上一眼的，偏偏被你看到了……”

“尽管没人看见，尽管没人知道，可这条鲤鱼就活在这里。”

“因为你就是这样的人，所以才会发现这种孤寂的鲤鱼……”

“也许是吧，不过，这样宽阔的河流，偏偏挑一个行人很多的拐角儿，待在水里纹丝不动，你不觉得很奇怪吗？来来往往的人都没注意，往后对谁谈起这条鲤鱼来，都以为是说谎呢。”

“反而是注意到的人才显得非同一般……也许这条鲤鱼就是为了被你看到，才游来这里的呢。孤独一身，同病相怜嘛！”

“是吗？我看见鲤鱼前面河水中央，竖立着一块牌子，写着‘爱护河鱼’。”

“嘿，不对吧，会不会写着‘爱护波子’啊？”

竹原笑了，看着河水寻找那牌子。波子也笑起来了。

“在那儿，你连牌子都看不到吗？”

两人身边，开过来一辆美国军用大轿车，乘坐着男男女女的美国人。

人行道一侧，停放着一列新型的美国汽车，一辆接一辆开动了。

“在这种地方能盯着那条可怜的鲤鱼，你不能这样下去啊！”

竹原又说起来。

“你的这种性格该丢掉啦。”

“是呀，为了品子。”

“也为了你自己……”

波子沉默了片刻，静静地说：

“虽说不单是为了品子，我决定卖掉家里的厢房。因为是你从前租住过的房子，所以预先想跟你说一声……”

“是吗？我买下来吧。这样一来，假如以后你还想卖掉堂屋，不是更便当一些吗？”

“哎呀，竹原君，你这种判断，是一时心血来潮吗？”

“实在对不起了。”

竹原赔起礼来了。

“我太冒失了，不该这样有先入之见……”

“不，正像你所说的，堂屋早晚也要卖掉的。”

“到那时候，购买堂屋的买主一定很在意厢房里住的是什么人。虽说是厢房，同在一所宅子里，说话互相都能听见，到头来，堂屋也许很难脱手。如果我买下厢房，等你卖堂屋时，可以一并转让……”

“哦……”

“你若想卖掉厢房，那么相比之下，把四谷见附焚烧的废墟地卖掉怎么样？那里光剩下围墙，长满了杂草。”

“嗯。可我想在那里为品子建造一座舞蹈研究所，将来……”

竹原本想指出，在那里建造舞蹈研究所的可能性很小，但他没有说出口。

“不一定选那里，到时候，可以找更好的地方。”

“倒也可以，不过那块土地藏着我和品子的舞蹈梦想。我年轻时、品子幼小时候的舞蹈灵魂就在那个地方。在那里，我总能看到各种舞蹈的幻景。那块土地我不能交给别人。”

“是吗？……那么，不单卖厢房，到时干脆

把北镰仓的宅基地整个卖掉，在四谷见附建设一所研究所兼住宅，怎么样？……这是可以办到的。我工作上，照现在的样子，多少可以帮助你一下。”

“丈夫根本不会答应的。”

“这就看波子夫人你的决心了。要是不狠狠心的话，研究所也建不起来。我以为，现在就是个机会。前人栽树，后人乘凉，光靠吃老本，终究不是个办法。听说好多人苦于没有便利的排练场，要是现在就建起一座漂亮的研究所来，也可以供给其他舞蹈家使用。这样，不是对品子更有利吗？”

“他不会答应的。”

波子无力地说。

“即便对矢木说了，他照例会想得很多很多。我以前真的认为他是个深思熟虑的人，可实际上，他口头上应和着，心里却在打自己的小算盘。”

“怎么会呢……”

“我是这么看的。”

竹原看看波子，波子也瞧着他。

“不过，我对于竹原君你，也感到奇怪呢。不管和你商量什么，你总是立即下结论，一点儿也不感到困惑。”

“是吗？或许因为我对你没有私心，要么因

为我是个俗人。”

波子的眼睛盯着竹原的面孔不放。

“竹原君，我问你，买下我家的厢房，作何打算呢？……”

“是啊，干什么用呢？我还没考虑。”

接着，竹原半开玩笑地说：

“我本来是被矢木先生从那厢房里很体面地赶了出去，我要是买下来住进去，或许会试着报复矢木先生吧。但是，矢木先生不会卖给我的。”

“要是矢木的话，他也许会开动脑筋，卖出个好价钱呢。”

“矢木先生不大会斤斤计较的，打小算盘始终是波子夫人你的事啊！”

“可不。”

“但是，正如你所说，矢木先生也许会答应卖给我。他是个绅士，即使有妒忌，也只能留在梦里，不会显示在脸面上的……要是不卖给我，人家就会说他吃醋，矢木先生是不愿这么干的。但是，你们之间，究竟有没有嫉妒，互相似乎都看不出这种迹象，在别人眼里，总显得有些阴森可怖。这好像是暴风雨前夕的寂静啊！……”

波子没有吭声，心底燃起一股冰冷的火焰。

"我并不是早就另有企图，才说要买下你家的厢房，我只不过想常常在那间厢房里露露面，叫矢木先生看了难受，这也是挺有意思的事。我要剥掉矢木先生的那副伪君子的脸皮……不过，比起矢木先生的嫉妒来，我更担心的，首先是苦了波子夫人你了。说到我自己，这回又要出现在你们的身边，我心里也不会平静吧。"

"竹原君不管在哪里，我都一样是苦。"

"因为我而受苦吗？……"

"有这方面的苦恼，也有另外的苦恼。刚才提到卖掉房子，盖舞蹈研究所，这对女儿很好，可高男怎么办？高男是个模仿性很强的孩子，逐渐就要学他父亲了。尽管站在高男的角度，也没有什么奇怪。我一味袒护品子学习芭蕾，高男就会陷于姐姐的阴影之中……"

"这倒也是，这一点要注意。"

"再说，经纪人沼田拼命离间我们四个人的关系，就连我和品子之间，他也插手……他想把我们一家四口搞得四分五裂，还要弄我，企图一口吃掉品子。"

那里河岸上的柳荫里又立着一块招牌："爱护河鱼"。

司令部正前方，也许窗内的灯光十分明亮的

缘故，对岸的松影和这边的一排柳荫，在这一带河水里显得稍微清晰些。

窗内的灯火迷离地照射着对岸石崖的一角，石崖上面站着一个幽会的男子，香烟头闪着光亮。

“好可怕，那，那路上刚刚跑着的车子里，是不是坐着矢木？……”

波子冷不丁地缩紧了肩头。

母女·父子

矢木元男领着儿子高男，走出上野博物馆。

父亲来到石砌的大门中央，停住了脚步。他来参观古代美术展览，眼睛疲倦了，悠然地望着公园的树木，若无其事在原地伫立不动。古代美术留在他的脑子里，自然界使他感到赏心悦目。

父亲轻松地咧着嘴角，眺望着公园。高男站在一旁，看着他的父亲。

父子两个十分相像，儿子只是比父亲矮一点儿，瘦一些。

二十天没见父亲了，儿子盯着他，觉得父亲很神气。

两人是在雕刻陈列室碰到的。

当时矢木从二楼下来，一进入雕刻室，就看见兴福寺的沙羯罗像前，站着高男。

未等矢木走近，高男回过头来，发现是父亲，显得很不好意思。

“您回来啦?”

“啊，回来了。”

矢木点着头。

“怎么回事啊？想不到在这里见到啦。”

“我是来迎您的。”

“迎我？……你早知道我会来这里吗?”

“您信上说和博物馆的人一同坐夜班车回来，我想您大概不会直接回家，很可能顺便路过这里一下。不过我倒是在家里等了一个上午呢……”

“是吗？谢谢你了。信什么时候到的?”

“今天早晨……”

“正巧赶上啦?”

“不过今天是姐姐的排练日，信送来之前，妈妈也一起出去了，她们两个都不知道爸爸要回来。”

“是吗?”

两个人都避免面对面，各人只望着沙羯罗像。

“我估计爸爸要来博物馆，可是会在哪里碰见呢？我一直在琢磨。”

高男说。

“我最后决定在沙羯罗和须菩提面前等着，这个主意不错吧?”

“嗯，真是个好主意。”

“爸爸每次来博物馆，最后必定要到兴福寺的须菩提和沙羯罗这里，站上一些时候吧？”

“是的。在这里，头脑会变得更清醒，心中的暗云和污浊也会一扫而光。而且，还能为你驱除疲劳和隐痛，使人有一种说不出的温馨之感。”

“我看到长着一副娃娃脸的沙羯罗，皱着眉头，有点儿像姐姐和妈妈的老习惯，对吧？”

父亲摇摇头。

矢木之所以摇头，是因为他觉得这话太荒唐，但又立即神情和悦地说：

“倒也有点儿。总之，高男看出妈妈和品子有些像天平时代[1]的佛，也很了不起。要是给她们说说，她们也会变得温柔一点儿的。但是，沙羯罗不是女人。女人没有那样的脸庞。沙羯罗是个少年啊，是东方的神圣少年！他凛然而立，使人感到，在天平的奈良国都，也有着这样的少年。须菩提也一样。”

“是啊。”

高男应和着。

1 天平时代：天平为圣武天皇在位时的年号，其于七二九年八月五日至七四九年四月十四日期间在位。天平时代，即美术史及文化史上的奈良时代，自和铜三年（710）至延历十三年（794）。

“我等爸爸，在沙羯罗和须菩提像前站了好久，渐渐觉得表情上有些悲哀……”

“唔，两尊都是干漆像，干漆这种雕刻的素材，使得雕刻师易于进行更为抒情的处理。所以天真少年像里，也含有日本的哀愁。”

“姐姐的眼睑经常闪动，时时蹙着眉，和这很相像，眼神里含着悲哀。”

“是的。使眉根皱起来，这是佛像的一种作法。这尊沙羯罗的伙伴——八部众的阿修罗像[1]，还有与须菩提同为释迦十大弟子[2]的造像里，有好几尊都是蹙着眉的。还有，这尊沙羯罗雕成可爱的儿童形态，但他是八大龙王之一，实际就是龙。他具有护持佛法的巨大威力，是水之王。这尊像也具有这种力量。盘绕肩膀的蛇，在少年的头顶上，高扬着镰刀形的颈项。然而，他的造型仍像人，看上去非常和善、亲切，所以总使你想起一个什么人来。但是，看上去很写实，其实是永恒的理想的象征。一副天真可爱的神态之中，显现

---

1 八部众为佛教用语，指守护佛教的异形之神，又称“天龙八部”。《法华经》中以“天、龙、夜叉、乾达婆、阿修罗、迦楼罗、紧那罗、摩睺罗伽”为八部众，而日本兴福寺的八部众则为“五部净、沙羯罗、鸠盘荼、乾达婆、阿修罗、迦楼罗、紧那罗、毕婆迦罗”。

2 释迦十大弟子：舍利弗、目犍连、摩诃迦叶、阿那律、须菩提、富楼那、迦旃延、优婆离、罗睺罗、阿难陀。

着清净无边的大度，含蕴着深沉宁静的力的跃动。很遗憾，在智慧的深度上，和家中的女人们大不一样。”

两人从沙羯罗前面走到须菩提前面。

这尊须菩提像更是神态自若地站在那儿。

沙羯罗高五尺一寸五分，须菩提是四尺八寸五分。

须菩提身披袈裟，右手攥着左边的袖口，脚上套着板金刚靴子，于石基之上，神色肃穆，稍显孤清，沉静而立。他那人人常见的清净、平和的光头和娃娃脸，带着促人怀恋的永恒的神情。

矢木打前面默默离开了须菩提。

然后，来到了大门口。

突露在大门外的高大的石柱，成为包容博物馆前院和上野公园的坚实有力的画框。

父亲站在石砌大门正中的大理石地面上，在高男眼里，作为一个日本人，这位父亲显得很神奇，一点儿都不寒酸。

“在京都很幸运，接连遇上了考古学会和美术史学会的学术活动，两个会都出席了。”

父亲说着，悠悠拢着一头长发，戴上了帽子。

矢木说在京都出席了考古学会和美术史学

会，但学会的活动中，他只看了私人的藏品展览。

矢木既不是专门的考古学家，也不是美术史学家。

矢木也曾经把考古学样品作为古美术品欣赏，但是，他在大学里学的是国文学[1]，是一位日本文学史专家。

战争时期，他写了《吉野朝的文学》，这本书在他开设讲座的一所私立大学，他作为学位论文提交了。

南朝的人被打败了，一边流浪于吉野山等地，一边捍卫王朝的传统，并发扬光大，这是一本考察他们所憧憬的文学和史实的书。在南朝天皇们的《源氏物语》研究之中，矢木的笔注入了泪水。

矢木访问了北畠亲房[2]，沿着《李花集》作者宗良亲王[3]流浪的旅途，一直走到信浓[4]。

据矢木所言，圣德太子的飞鸟时代、足利义政的东山时代等，自不必说，圣武天皇的天平时代和藤原道长的王朝时代等，也绝非和平的时代。

1 国文学：日本文学或研究日本文学的专门学问。

2 北畠亲房（1293—1354）：日本南北朝时代的公卿、思想家。

3 宗良亲王（生卒年不详）：日本南北朝时代的歌人、后醍醐天皇的皇子。

4 信浓：古国名，又名信州，今日本长野县一带。

人们争斗的潮流里飞扬着美的浪花。

矢木看到了藤原时代的黑暗，这是研读原胜郎博士《日本中世史》等书的结果。

矢木眼下正在撰写研究《美女佛》的文章，这也多是因为受到矢代幸雄博士所著《日本美术的特质》等美学书籍的指引。矢木想用《东洋的美神》作为《美女佛》的标题，但这么做，则显得过分模仿矢代博士了。同时，较之“神”这个词，更想使用“佛”的也是矢木。

在使用日本的“神”这个词上，矢木因日本在战争中遭受失败而遇到苦难，他自己有一种内疚感。《吉野朝的文学》，如今也变成了伤悼战争失败的一本书。当然，在日本的美的传统之中，还是将皇室作为“神”来看待。

矢木的《美女佛》，以观音为主。但是，除观音之外，弥勒、药师、普贤、吉祥天女等，这些富于女性特征的美丽的佛像，一概无所顾忌地添加进来，试图从这些佛像、佛画之中，摄取日本人的心灵和美质。

矢木既不是佛教学者，也不是美术史家，所以他在这些方面是肤浅的。但是，《美女佛》将成为一部别样风格的日本文学论。矢木认为，作为文学论，自己是可以完成的。

身为一个国文学家，矢木这方面的知识也许是深广的。

矢木是一个穷苦的书生，和波子结婚的时候，他连女学生所喜爱的中宫寺的观音像都不知道，也没有到过供奉弥勒像的京都广隆寺。他不观看芜村的绘画，而学习芜村的俳句。他虽然毕业于大学的国文学科，但有关日本文化的教养比女学生波子还少。

“名古屋的德川家发现了《源氏物语》的绘卷，你可以去看看。”

曾几何时，波子说罢就喊婆子把盘缠拿来。波子的婆子管理钱财。

矢木那时又惭愧，又悔恨，此种情绪刻骨铭心。

博物馆有南画（文人画）名作展。

当然也摆着芜村的南画。过去，矢木只知他有俳句而不知有绘画。

“二楼的南画看了吗？”

矢木问高男。

“只是走马观花。我心里一直记挂着，不知道爸爸什么时候到佛像那里去，所以别的都没有好好看……”

“是吗？太可惜啦。今天回头还要和人约会，已经没时间了。”

父亲给高男看了看口袋里的钟表。

这是一只伦敦史密斯公司生产的古老的银质表，稍稍摁一下旁边的轴子，矢木的口袋里就响三次，接着再响两次，每次两声，这两声是表示一刻，从声音上可以判断，现在大约是三点半左右。

“要是送给宫城道雄[1]那样的盲人，那该有多方便啊。”

矢木经常这么说。这是供夜间走黑路，或放在暗中枕头旁边使用的表。

矢木也带上了这只怀中闹表。高男也曾听父亲说过这样的趣事：逢到出席谁的著作出版纪念会，有人正在长篇大论讲个没完的时候，矢木口袋里的闹表就会丁零丁零地响，实在很有意思。

眼下，高男又听到父亲胸前的口袋里响起了八音盒般稚嫩的声音，这是闹表在响。一听到这种声音，高男就感到，能见到父亲真叫人高兴。

“我本来以为您从这里就回家的。还要去别的地方吗?”

“哎，在夜班车上睡得很好。那么，高男你

1 宫城道雄（1894—1956）：生田流筝曲演奏家、作曲家。

也一块儿去吧。教科书书店总编要来找我商量，他想把我写的关于平安朝文学和佛教美术交流方面的文章，收入国语教科书。肯定是想着跟我商量，要避免专业方面的东西，使文章成为通俗的美文，还要放进一些插图。”

矢木走下大门口的石阶，眺望着鹅掌楸树叶飘落的情景。

鹅掌楸树叶像槲树的叶子一样大，石门附近只长着一棵，伟岸正直，叶色深黄，像年老的国王一般静静矗立于广阔的庭院中。

“我的文章即便删去主要部分，依旧能让人体味到藤原美术的韵味，对于学习藤原文学的学生，还是大有帮助的。”

矢木接下去问：

“芜村的画怎么样？因为高男你也不看他的画，只是通过国语教科书学习芜村的俳句……”

“是的。我喜欢华山。”

“渡边华山[1]？是吗，不管怎么说，南画方面，大雅[2]是个伟大的天才。至于华山，如今在年轻人中间比较受欢迎……那个时代，华山摄取西

1 渡边华山（1793—1841）：江户时代末期的画家、兰学学者。

2 大雅：指池大雅（1723—1776），江户时代中期的南画画家，同与谢芜村一起并为日本南画之集大成者。

洋，具有强烈的好奇心，并且致力于南画的革新任务……”

矢木走出博物馆正门，说道：

“啊，还要见一见沼田，就是品子的那个经纪人……”

两人乘中央线到四谷见附。

他们打算穿过马路朝着圣依纳爵教堂[1]方面走。在等待车流通过的时候，高男震颤着眉毛说道：

“我非常讨厌那个经纪人。下次他要是再对妈妈和姐姐鬼鬼祟祟的，我要和他决斗到底！……”

“决斗，太激烈啦。”

矢木和蔼地微笑起来。

然而，这也许是当今青年的口头语，抑或是高男性格的展露吧？父亲望着儿子的脸。

“真的，对那种人，就是要拼个你死我活，否则，谁能受得了！”

“对方要是个蹩脚的人物，你也要用一个蹩脚的方法对付他吗？你的生命是宝贵的呀！沼田很胖，块儿头又大，凭你瘦小的臂膀，再挥动个

1 圣依纳爵教堂：St. Ignatius Church，通称麹町教堂，位于JR四谷站前，同上智大学相邻。

什么小刀子，是根本戳不透他的。”

父亲笑着说。

高男做了个用手枪瞄准的姿势。

“就用这一手。”

“高男，你有手枪吗?”

“没有，那东西，可以随时找朋友借呀。”

儿子不经意的回答，惹得父亲打了个寒噤。

高男喜欢学父亲，人很老实。不过，他身上也藏有母亲性格中火烈的一面，有时会病态地燃烧起来。

“爸爸，过去吧。”

高男急急说了一句，倏忽从新宿方面驶过来的出租车前头穿了过去。

女学生们两人一起或四人一起，穿着制服，微微低着头，走进圣依纳爵教堂。隔着一条马路是双叶学院，女学生们也许是在放学的路上前去祈祷。

走在外围护城河土堤的阴影里，矢木望望教堂的墙壁。

“教堂的新墙壁上也印着古松的影子啊。”

他沉静地说。

“去年，方济各的得力部下来过这座教堂。四百年前的前世教宗方济各·沙勿略到过京都，他也在林荫道的日本松影里走过吧。处于战乱时期的京都街巷，足利义辉将军在那里也是东藏西躲。方济各一心想拜见天皇，当然没有获得许可。他在京都只住了十一天，就回平户去了。”

松影摇曳的墙壁，在夕阳里映现着淡淡的桃红色。

相邻的上智大学的红砖墙上，也洒满了阳光。

他们进入前面的幸田屋旅馆，被人引到里面的房间。

“怎么样，很清静吧？这座建筑改作旅馆之前，原来是富贵人家的宅邸，这间房子是茶室。那位获得诺贝尔奖的汤川[1]博士，也在这间房子里住过。乘飞机从美国回来时，以及后来乘飞机去美国时……游泳选手古桥[2]等人，来往于美国和日本时，也都在这里寄宿。”

“这个房间，妈妈不是也经常来吗？”

高男说道。

---

1 汤川：指汤川秀树（1907—1981），理论物理学家。京都帝国大学（现京都大学）教授。首位获得诺贝尔物理学奖的日本学者。著作有《基本粒子》《现代科学与人类》等。

2 古桥：指古桥广之进（1928—2009），游泳选手、教练。二战后连续打破自由泳世界纪录。引退后担任日本游泳协会会长等职。

汤川博士和古桥选手，是战败后日本的光荣和希望。矢木认为，这些深孚众望的人物，来往于美国期间住过的房子，一个青年学生能到这里来一趟，一定会永记心中的。可是高男却没有那样的感觉。

矢木接下去说：

“刚刚我们走来的时候，不是看到一间大房间吗？两间打通，曾充当汤川博士的会客厅。各种人物络绎不绝地拥来，想着尽量不要引到这间卧室来，可报社的摄影记者，不知从哪里进来悄悄躲在院子里，想偷拍他的生活照，使得汤川博士没有一点儿随意休息一下的时间。为了不让记者进来，这里的两个女佣，日夜都在院子两端站岗，被蚊子叮得好苦。因为是夏天啊！”

矢木望着院子。

大名竹、布袋竹、寒竹、四方竹等，这座庭院只种竹子。院子一角可以看见五谷神社通红的牌坊。

这座房子又叫“竹之间”，有烟熏竹搭成的天棚。

“汤川博士来这里的时候，旅馆老板娘正病着呢。但她想到，博士阔别很久回到日本，她一边卧病，一边细心地照料着。她吩咐要焚上好香，调理好牵牛花使之盛开，又说要是树枝上有蝉鸣该多好。”

“哈……”

“要让他们听蝉叫，这太有意思啦。”

“哈。”

不过，高男从前听母亲也讲过这件事。父亲似乎是打母亲那里现趸现卖，儿子并不感到有多大趣味。

他环顾一下屋内。

“房子很好嘛，妈妈现在也经常来吧？好排场呀！”

父亲背倚吉野原木凹凸不平的壁龛廊柱，心情放松地坐着，点点头说：

“好像当时蝉鸣叫了，汤川博士作了一首短歌：

我来东京此旅馆
独立园中听鸣蝉
入住“竹之间”
满怀惆怅思无限
凉月轻风照无眠

汤川博士很早就喜欢作和歌。”

他继续先前的话题，想阻止高男说下去。

后来的晚饭，结账时也都记在波子的开销上。这阵子，就连这些事情，高男似乎都要怪罪父亲。

矢木轻声说道：

“妈妈和这里的老板娘很亲密，咳，就像朋友一样。再说，品子要登舞台，也得请人家多帮忙啊！”

教科书出版社的总编来访。

矢木请他们看文章之前，先让他们看看藤原时代佛教美术的照片。

“这些照片都是我挑选的，其中有着我的看法。”

高野山的《圣众来迎图》、净琉璃寺的《吉祥天女》、博物馆的《普贤菩萨》、教王护国寺的《水天》、中尊寺的《人肌大日》，还有观心寺的《如意轮观音》等照片，一枚枚摆上桌面，矢木正要加以说明：

“是，是，讨一口薄茶吧。京都癖也跟着上来啦……”

他拿起河内关心寺的秘佛——如意轮观音的照片，说道：

“关于佛，清少纳言也在《枕草子》里写到了：

‘如意轮忧虑人心，支颐而坐，未知此世，哀伤而羞愧……’她抓住了一种感觉。这一点，我的文章里也引用了……”

矢木说这话，既不像是对总编，也不像是对高男。接着，他明确地对高男说：

“刚才，在博物馆不是看到了沙羯罗和须菩提吗？奈良佛像那种清纯的具有人情味的写实，经过藤原的人情味的写实，变得艳丽而娇媚，富有肌肤的温馨，更具现世性。然而，神秘没有消失。神秘是女人的美艳最高的象征，参拜这些佛像，就会联想到，藤原的秘教似乎是一种女性崇拜。奈良药师寺的吉祥天女绘画，和这里的京都净琉璃寺的吉祥天女像，很相似，但是一比较，依然能深刻地感到奈良和藤原的差别。”

矢木把文件包拉到身边，取出净琉璃寺《吉祥天女》和观心寺《如意轮观音》的彩色照片来，这种彩色完好地保存下来了，他劝说总编将此套色印制在国语教材的首页之上。

“是啊，能和先生的大作互相映照，那太好啦。”

“不，我幼稚的、辞藻华丽的文字尚未决定采用……用不用我的文章先不谈，但我希望日本的国语教科书首页务必印上一张佛像。这并非因为西洋教科书上印着圣母玛利亚的像……”

“当然，先生的大作是要用的，所以才这般厚着脸皮前来求您了。然而，这佛像因为过于有名，今天的学生大体上是不是都看见过呢？”

总编有点儿犹豫起来。

“插入先生正文中的照片，就按照先生的意思办理，至于……”

“先不说我的文章，我还是希望首页印上佛像。不看日本的美的传统，就没有国语。”

“基于这种意义，先生的论文请务必允许收入……”

“谈不上什么论文……”

矢木又从文件包里抽出剪下的几页杂志交给总编。

“这是回来时在夜班车上修改过的，删去了啰唆的部分，请回去后看看，能不能当教材使用。”

说罢，呷了一口薄茶。

女佣来告诉沼田到了，矢木依然翻过来茶碗看着，低着头。

“请他进来吧。”

沼田穿着深蓝色的双排扣上衣，一副恭恭敬敬的样子。他挺着肚子，连作一下揖似乎都很困难。

“啊，先生，您回来啦。小姐，这回恭喜啦!”

“呀，谢谢。波子和品子多亏你费心了……”

沼田的“恭喜”是一副站在后台对舞台上的人说话的语气。

沼田的“恭喜”,是指品子哪一次表演说的呢?矢木去京都这段时间，女儿在哪里，跳的是什么舞，一概不知。所以只好静静地旋转面前的茶碗，仔细观看。

“这只茶碗也是个美人呢。今后天冷的时候，这种热乎乎的美女般的志野茶碗，实在是好啊!”

“就是波子夫人呀，先生。”

沼田不苟言笑说道:

“按说，先生，这次在京都，恐怕也有名品大甩卖吧?”

“唉呀，我对清仓减价的东西不感兴趣，很厌恶。也不喜欢古董。”

“有些名品等着先生加以判别……是啊，便宜货之中也有名品闪光，正等着先生的慧眼呢。”

“哦，不会有的。”

“是的，当然不会常有。像品子小姐这样的名品，也不是十年二十年就能一下子发现的。最近，我呀，先生，我一直想把小姐称作名品。这件名品逐渐发出光亮，从而辉煌起来。不久，妇女杂志要出新年专刊了，先生您请看吧，我想了种种办法，将小姐推荐到首页照片中去。我成功了。这是一九五一年度值得期待的新人明星啊！芭蕾舞也会越来越流行起来的……”

“谢谢。不过，不可勉强，硬是当作商品对待，就会……”

“先生，这个不用担心，有母亲跟着呢……”

沼田冷不丁地说道：

“她名字叫品子，也便于引申为名品的意思。我将尽早让您看到新年专刊上的照片。”

“是吗？……提起首页照片，我们刚刚也正好谈到这个。”

此后，矢木将沼田介绍给教科书出版社的北见。

女佣走进来，用餐之前请他们先入浴。

沼田和北见两人都因担心感冒而谢绝了。

“好吧，我就失陪了，将夜班车上的污垢洗一洗。高男，不去吗？”

高男跟着父亲进入浴场。

看到一只体重计，父亲问道：

“高男，你的体重是多少？看你瘦多啦！”

高男赤裸着身子，一跃而上。

“四十八九公斤，正好……”

“太轻啦!”

“爸爸呢？……”

“来……”

矢木和高男调了个个儿。

“五十六公斤。这几年一直没变。”

站在体重计前，父子两个光着白皙的身子，面对面紧靠着，儿子忽然觉得很不好意思，哭丧着脸走开了。

长州浴池[1]，两人一进去，皮肤就蹭着皮肤。

高男先去冲洗，他边洗脚边说道：

“爸爸，沼田纠缠妈妈好长时间了，这回您还许他继续纠缠姐姐吗?”

父亲枕着浴缸的边缘，紧闭着眼睛。

没有听到父亲回答，高男抬头看看。他注意到，父亲长长的头发，虽然还很黑，但是头顶中间逐渐稀薄了，前额也裸露得很高。

“怎么回事？爸爸为何要见沼田？为什么从京都一回来就……”

高男本来想说“家也不回就……”，还想说“沼田一向不把爸爸放在眼里”。

1 长州浴池：圆筒状铁锅周边镶嵌耐火砖的浴池。

"我去接爸爸，在博物馆见到了，很是高兴。可是爸爸叫沼田来，真是很扫兴啊!"

"唔……"

"我从小就觉得妈妈要被沼田夺走了，我恨他。连做梦都被沼田追赶着，差点儿被他杀死，经常做噩梦。这些，我都没有忘记啊！……"

"嗯。"

"姐姐和妈妈都跳芭蕾舞，一起被沼田缠住不放……"

"不是这么回事，这个嘛，高男，你的看法太偏激了。"

"不对，爸爸心里不是也很清楚吗？沼田为了讨得妈妈的欢心，是如何捧着姐姐的……姐姐之所以思恋香山先生，这也是沼田的计策啊!"

"香山？……"

矢木在水里重新坐正。

"香山君现在怎么样？高男你知道吗?"

"不知道，是不是不跳芭蕾了？看不到他的名字。说不定缩回到伊豆去啦。"

"是吗？关于香山君的事，我也想问问沼田。"

"香山先生的事可以直接问姐姐，不是更好吗？也可问妈妈……"

"唔……"

高男进入浴缸。

“爸爸不冲澡吗?”

“啊，懒得动呀。”

矢木给高男腾出了地方。

“今天学校里怎么样?”

“只上了两个小时课。不过，我这样就算是上大学，可以吗?”

“虽说是大学，其实是新学制，相当于原来的高中级别。”

“让我去工作吧。”

“这个嘛……躺在浴缸里，不谈这些费力气的事。”

矢木笑了，他出了浴缸，揩拭身子。

“我说高男，你有时过分要求人家啦。例如，即使对沼田，有的可以要求他，有的就不能那样要求他。”

“是这样吗? 对妈妈和姐姐也是这样吗?”

“说些什么啊?”

矢木制止高男不让他说下去。

两人回到“竹之间”，沼田抬头望着矢木。

“先生称作美人的这只茶碗，和我相伴了一会儿。实际上，先生，这里的教堂是圣依纳爵教堂吗？我顺便到里面瞅了瞅，出了天主教堂，讨得一碗薄茶……”

“是吗？但是，天主教和薄茶过去是有缘分的。例如，织部灯笼，又叫切支丹[1]灯笼。”

矢木说着坐下来。

“根据古田织部[2]的个人喜好，灯柱上雕刻着怀抱耶稣的圣母玛利亚像。还有切支丹大名高山右近所做的茶勺，铭刻着‘花十’，读作花库鲁思[3]。”

“花库鲁思？……很好听呢。”

“高山右近等人，喜欢坐在茶室里，祈祷切支丹之神。茶道的清净和调和使得右近作为气质高雅之人，而成爱神、寻求主的美的引路人。这种颇有意味的事，也被外国传教士写下来了。“耶稣教”进入日本的时候，在大名和堺市的商人中间，正是茶道兴盛的时候，传教士也被请去，一起跪坐于茶席之上，向神祈祷，献上感谢之意。寄回本国的传道报告里，详细记述茶道的情况，甚至涉及茶器的价格……”

---

1 切支丹：指基督徒，“切支丹”为过去日语对葡萄牙语中基督教（christão）的音译。

2 古田织部（1544—1615）：江户时代初期的茶人，师从千利休。陶艺方面也颇有建树，为织部陶之祖。

3 库鲁思：Cruz，葡萄牙语，意思是“十字架”。

“这样……最近天主教和茶道又盛行起来，先生居住的北镰仓是关东的茶之都。这是波子夫人说的。”

“是啊。去年，跟着方济各的得力部下而来的什么什么大司教等人，在京都被邀请到茶会上，看到茶道作法和弥撒作法，有好多相似之处，十分惊讶。”

“哈……跳日本舞的吾妻德穗[1]，也是天主教信徒。这回跳的《踏绘》[2]舞怎么样？先生也看了吗？”

“是吗？是长崎吗？……”

“是长崎吧。”

“跳的是踏绘过去的殉教。如今，一颗原子弹就把浦上天主堂化作灰烬，长崎死了八万人，其中三万人应该都是天主教徒……”

矢木说着，看看教科书出版社的北见。

北见沉默不语。

“那里的圣依纳爵教堂听说是东方第一。但是我依然喜欢长崎的大浦的天主堂，那是最古老

---

1 吾妻德穗（1909—1998）：日本著名舞蹈家，以华丽的舞台风格为人所知，曾率团赴欧美举行公演。一九八六年成为日本艺术院会员，一九九一年获得日本文化功劳者称号。

2 《踏绘》：模仿检验是否有基督徒信仰的舞蹈。

的国宝级的教堂……彩绘玻璃也很好看。因为远离浦上，而得以逃脱原子弹的破坏。不过我去看的时候，屋顶依旧破烂。”

开始上菜了，矢木收起桌子上摆在一旁的佛像照片，装进文件包。

“不过，先生仍然是具有佛性的人啊，过去，先生让波子夫人跳的《佛手》舞，十分美好。这出舞蹈将佛手的千姿百态，组合到一起了。”

沼田盯着矢木的脸，说：

“我想让波子夫人重新在舞台上复活，先生……”

“现在想起《佛手》舞，那真是一个很好的例子。品子小姐到底还没有到达波子夫人那样的年岁，所以，这出舞蹈宗教的深刻性，表演得不会太符合。”

沼田继续说着，矢木冷冷地嘀咕道：

“和日本舞蹈不同，西洋舞蹈是表现青春的。”

“青春？……青春也得看如何解释啊，波子夫人的青春已经过去，还是依然存在？这一点，先生比谁都清楚……”

他略带讽刺地继续说道：

“或者说，到底是想埋葬波子夫人的青春，还是使得她的青春得以复活，不就取决于先生吗？

波子夫人的心是年轻的，这个，我也知道。即使身体，在日本桥排练场里看起来……”

矢木转向一旁，给北见斟酒。

沼田也含了一口酒。

“波子夫人给女儿做陪练，真是太可惜啦。如果她能站在舞台之上，弟子们也会迅速增多起来。这对小姐也有利。母女都是舞蹈之花，既便于宣传，也能为舞台叫座。我也对波子夫人说了，我打算拍几张母女同台的照片，结果给逃掉啦！”

“她还是有自知之明的。”

沼田反唇相讥：

“她其实没有自知之明。站在舞台上的人，都是……”

传来了圣依纳爵教堂的钟声。

“说真的，今晚难得受到先生之邀，以为是商量波子夫人重返舞台之事，所以我便兴冲冲地跑来了。”

“唔，是吗……”

“除此之外，我想不出先生还有什么别的事找我。”

沼田眯缝着他那双本来很大的眼睛。

“就让她跳吧，先生！”

“是波子对你说的吗？”

“是我的极力鼓动。”

“这真难办啊，四十岁女子即使能跳，时间也很短暂，最多到下一场战争为止。”

矢木很暧昧地说，之后便和北见谈起别的事来了。

晚餐的菜单中八寸料理[1]的品种有：鳖鱼冻、乌鱼子、柿子卷；生鱼片有鰤鱼和贝柱；汤以白色酱汤为底，加入小米和白果；烧烤类有酱烧鲳鱼；蒸煮类有清蒸鹌鹑；凉拌类有山药拌黑蘑；再加上火锅：鲷鱼什锦火锅。

沼田要告辞了，矢木看看表。

“先生还是那块表？不准了吧？”

“我的表从来都是一分不差。”

他对照那里的收音机按一下怀表轴。

“《对面三家旁两家》，本月的作者是北条诚。”[2]

矢木对沼田亮一亮怀表。

“和七点的报时一样。”

“下面播报新闻。”

沼田关掉收音机。

---

1 八寸料理：怀石料理的一种，以八寸（约二十四厘米）的四方杉木平盘盛装的料理。

2 指一九四七年至一九五三年，日本广播协会（NHK）播放的家庭剧，表现新旧思想混杂的社会面貌。由八住利雄和北条诚两位编剧。

“是朝鲜吧？……先生，斯大林自己说：‘我是亚洲人。’他是叫人不要忘记东方啊。”

四人乘同一辆汽车离开幸田屋旅馆。北见在四谷见附车站前下了汽车。

车子由赤坂见附驶到国会议事堂前时，矢木对沼田说：

“刚才，你提起波子重返舞台的事，可香山君怎么样了？他能复归吗？”

“香山？……您说的是那个废人吗？”

沼田摇摇头。因为太胖，只能缓缓地稍稍动一下。

“说成废人，太残酷了。现在，他到底在做什么？”

“是个废人啊！作为舞蹈家来说……听说在伊豆乡下，当一名旅游巴士司机。这可只是风闻，我不清楚。那种抛离俗世的人我可不想主动提及。”

沼田回头看看。

“小姐已经不跟他来往了吧？”

“是这样……”

“不过对这件事，不清楚！”

高男没好气地插了一句。

沼田冷冷地说道：

“那家伙很叫人头疼，高男君也可以劝告一声嘛。”

“姐姐有她的自由。”

“舞台上的人是没有自由的，尤其是，对于那些前途有望的年轻人来说……”

“极力促使姐姐接近香山先生的，不正是沼田先生吗?”

沼田没有回答。

汽车沿皇居护城河驶向日比谷。

矢木突然想起什么似的说：

“对了对了，在京都旅馆翻阅杂志时，发现竹原君公司的照相机广告栏里，使用了品子的照片。那也是你关照的吗？……”

“不，那不是旧照片吗？是竹原先生住在您家厢房时候拍的吧?”

“是吗？……”

“竹原先生的公司，照相机和望远镜广受好评，生意很红火哩。不知道能不能多多让品子小姐去当照相机的宣传模特儿。”

“那太过分啦。”

“趁这次过分一次嘛。只要波子夫人跟竹原先生说上一声……”

“波子不是不和竹原君来往了吗?”

“是吗?”

沼田登时不吭气了。

车子绕过日比谷公园后面的一角，拐向左方，驶过皇居的护城河。

波子和竹原乘坐的车子，曾在这里出了故障，使波子对身在京都的矢木怕得要命。那是五六天前的事。

沼田在东京站告别了。矢木乘上横须贺线，直到品川一带，一直沉默不语，接着就睡着了。到达北镰仓，高男把他叫醒。

圆觉寺门前的杉树林上，悬着月亮。

披着月光，沿着铁道边的小路步行。

“爸爸，您累了吧?”

“啊。”

高男将父亲的文件包换到左手拿着，靠了过来。

长长的月台上，栅栏的影子连接着小路。一走过那里，这回是人家的篱笆墙的阴影落在线路上。小路依然细长。

“一走到这里，就觉得回到家里了。”

矢木稍微停下脚来。

北镰仓的夜，宛如山里的溪谷。

“妈妈怎么样？……又说着要卖什么东西吗？”

“这些吗？我不知道呀。”

“她不知道我今天回来是吗？”

“嗯。今早爸爸的信到了，是寄给我的，我就装进口袋，出来了……要是在幸田屋打个电话就好了。”

高男低沉着声音说。父亲点点头。

“哦，没关系。”

进入小路右面的隧道。山棱像一只胳膊伸展过来，掘开这里就变成一条近道。

走在隧道里，高男说：

“爸爸，大伙儿想在东大图书馆前树立一基阵亡学生纪念像，学校方面不会同意。见到爸爸之后，我本来想告诉您的。雕像已经完成，计划十二月八日举行揭幕式……”

“唔。好像以前也听你说过。”

“将阵亡学生的日记集合成书，出版了《在遥远的山河》和《听吧，海神的声音》，还拍了电影。根据‘不要重复海神的声音’这个意思，纪念像也将命名为‘海神的声音’吧。和‘No More Hiroshima（不许广岛事件重演）’相通，是和平的象征。怀着悲哀和愤怒……”

“唔。那么，学校的意思呢?”

“好像禁止。学校不受理日本阵亡学生纪念会赠送的纪念像……其理由是：这种纪念像不光是东大学生，还以一般学生和大众为对象。按照东大过去的惯例，在校园里建立纪念像，只限于在学术和教育上具有巨大功绩的人。还有，这种像的制作过于深刻也不行。因时局变化而变化、带有象征意义的纪念像,假如再遇到‘学徒出阵’[1]这类事情，学校里因为有了这种不要战争的阵亡学生像，就会处于两难的地步。”

“唔。”

“但是，阵亡学生的墓标，建立在他们灵魂故乡的校园里，我认为是合适的。这种纪念碑，在牛津大学和哈佛大学好像都有……”

“啊……阵亡学生的墓标已经建立在高男的心中了。”

隧道出口，水滴从山上滴落下来。而且，听到了华丽的舞曲。

“还在练习呢，每天晚上都排练吗?”

“嗯。我先去通知一声。”

---

1 学徒出阵：二战末期，一九四三年以后，日本为补充兵源，停止至二十六岁为止文科学生的征兵推迟令，迫使二十岁以上学生入伍、出征。

高男说着就跑去了，他快步登上排练场。

“我回来了。爸爸回来啦！”

“爸爸？……”

波子正要在排练服外边披上一件大衣，脸色灰白，几乎倒了下来。

“妈妈，妈妈！”

品子抱住了波子。

“妈妈，您怎么啦？妈妈！”

她抱着母亲走向墙边的椅子。

波子闭着眼睛，女儿坐在她身边的椅子上。母亲的头紧靠在女儿的胸前。

品子用大衣裹着母亲的身子，左手摸摸母亲的前额。

“冰凉！”

品子穿着黑色紧身连脚裤，套着舞鞋。排练服也是黑色的，两腿全部露在外头，高高的衣裾上罩着喇叭裙子。

波子穿着白色的紧身裤。

“高男，把唱片停掉吧……”

品子说。

“是高男吓得呀。”

高男也瞅着母亲的脸。

“我没有吓她，没关系吧?”

他看看品子。他从姐姐皱着眉头的眼睑上，联想起兴福寺沙羯罗的眉根来。他觉得两者果然很相似。

品子一把揪住头发，扎上发带。姐姐和妈妈都没有搽白粉，因为排练要出汗的。

品子兴奋的微带桃红的面颊，因惊吓而变得惨白了，闪着深沉而澄净的光辉。

波子睁开眼来。

“已经没事了，谢谢。”

她想坐起来，品子一把抱住。

“再躺一会儿吧……喝点儿葡萄酒吗?”

“不用，给我一杯水。”

“好的。高男，倒杯水来!”

波子用掌心轻轻揉一下额头和眼睑，坐直身子。

“不停地旋转后，正在做‘白鹤展翅’这个动作吧。这时候，高男突然闯了进来……一阵眩晕，发生了轻度贫血。”

“现在好了吧?”

品子把母亲的手放到自己胸前。

“我也吓得心里直跳呢。”

“品子，去接爸爸吧。”

“唉。”

品子瞧瞧母亲的脸色，然后在排练服外边迅速套上一条裤子，穿上毛衣，解下发带，用手指将头发散开来。

高男跑开之后，矢木慢慢逛悠起来。

开凿隧道的山棱，长着一片又细又高的松树，刚才映照着圆觉寺杉树林的月亮，现在又升到这片松树上空了。

要同沼田决斗的高男，和致力建立阵亡学生纪念像的高男，两者是统一的呢，还是分裂的呢？父亲感到有些不安，随之脚步沉重起来。

矢木现在的家，本是从前波子娘家的别墅，没有大门。入口处一棵矮小的山茶树，开放着花朵。

芭蕾舞排练场，位于堂屋和厢房的正中间，削去后山的岩石，高高君临于这块宅第之上。堂屋和厢房灯火通明。

“我们家的电灯好像不要钱啊。”

矢木嘀咕了一声。

睡眼蒙眬

矢木从京都回来的第二天，吃早饭时，唯有丈夫面前放着一盘红烧带壳龙虾[1]。矢木没有动筷子，于是，波子问道：

“怎么不吃龙虾呢?”

“啊……懒得弄啊。”

“懒得弄?”

波子露出怪讶的神色。

“我们昨晚都吃过了，这是剩下来的，对不起……”

“唔，懒得剥壳啊。”

矢木说着，看了看龙虾。

波子轻轻笑着说：

“品子，帮爸爸剥掉虾壳。”

---

1 原文为“伊势海老具足煮”，将大龙虾连壳一起稍稍剁成几块，放入各种佐料蒸煮，辅以海带、竹笋等配料。食用者用手边剥边吃，别有风味。此种料理令人联想起古代战国武士之风。

“唉。”

品子用自己筷子的另一头剔出了虾肉。

“真灵巧!”

矢木望着女儿的动作。

“吃带壳龙虾，用牙齿嘎嘣嘎嘣嚼碎，那才叫痛快……”

“人家给剥皮，就没有味道了吧。好了，全去掉啦。”

品子仰起脸来。

矢木的牙齿没有坏到连虾壳也不能嚼碎的程度，况且，即便不用牙嘎嘣嘎嘣嚼，也可以用筷子挑嘛。连这个都懒得动，波子不由一怔。

真的因为是上岁数了吗?

烤紫菜，还有矢木在京都带来的高野豆腐烩腐竹，都一起端上了桌面。即使不动龙虾，也可以吃完饭。可是，矢木看上去确实慵懒得很。

隔了好长时间回到家里，身心放松、精神怠惰的缘故吗?矢木看上去精神萎靡不振。

还是因为昨夜的疲劳之故吗?一想到这里，波子的面庞感到火烧火燎，低下了头。

然而，此时的羞赧一闪即过，当她俯首向下的时候，心底里已经冷了。

波子今早一个好觉醒来，头脑十分清晰，身

子也显得很灵活。

气候忽冷忽热，眼下转暖，从一早起就是难得的小阳春天气。

由于芭蕾舞排练时身子不停运动，波子平时就颇有食欲。可是，今天连早饭的味道和平时似乎都不一样。

波子一旦注意到这一点，立即没有胃口了。

“今天难得看你穿和服啊。”

矢木没发现波子有什么异常，他说。

“京都穿和服的人倒是很多啊。”

“那是的呀。”

“爸爸，东京今年秋天也时兴穿和服呢。”

品子说着，瞧了瞧母亲的和服。

抑或没有想到，穿和服也是为了给丈夫看吗？波子对自己也感到害怕起来。

“两三天前，丝绸店老板来说过，战争开始的时候，漆花和扎染的和服很好销……”

“漆花和扎染可都是高级品啊。”

“全花扎染的和服要卖到五六万呢。”

“哦？你原来的那件，要是拿到现在卖就好了。太着急啦。”

“旧衣服已经不行了。掉价了，便宜得要命……”

波子低着眉说。

“是吗？新品可以自由购买嘛，手头宽裕之后，精致的、高级的都拿出来了。这还不是钻女人爱虚荣的空子吗？”

“唉，上次战争刚开始的时候，漆花和扎染和服流行一时，这回又再次好销起来……”

“怎么会呢，漆花和扎染和服不可能同战争有关系啊。前一回是战争带来的景气，这一回是因为战争拖得很长，一直没法穿啊。高级和服假如是战争的前兆，那真是一幅表现女人浅薄的漫画啊！”

“男人的装束也大大改变了呀。”

“是啊，可是帽子之类，没有好的卖，多半是夏威夷衫风格的。”

矢木端起了茶杯。

“我喜欢的那顶捷克制帽子，你当时也没有仔细看一下，拿到一家马虎的洗衣店去，结果用水洗，丝绒全都不行啦。”

“那是战争刚刚结束的时候……”

“现在想买也没有。”

“妈妈！”

品子叫了一声：

“文子来信说，就是我的那个同学，还记得

吧？……她要参加圣诞节宴会，想向我借一套夜礼服穿。”

“圣诞节，这么早就着手准备了。”

“文子她真有意思，说什么她做过我的梦……梦见我有很多洋装。她看到我的衣橱里挂满淡紫和薄粉的衬衣，一排排足有三十多件……都镶着漂亮的花边儿。还有一只衣橱，挂的尽是裙子，一律白色，也有凹凸布纹的。”

“裙子也有三十条？”

“她信上写着：裙子二十多条，都是新的。所以，她想既然做了这样的美梦，想必品子有好几套晚礼服吧，所以想借穿一下。她说这是一种梦的启示……”

“可是，梦里不是没出现晚礼服吗？”

“是的，光有衬衣和裙子。因为她看到我穿着各种服装在舞台上跳舞，所以就联想到我的洋装很多。”

“是这样的。”

“我给她回信说，我在后台不穿衣服。”

波子沉默着，点点头。刚才还是神清气爽，眼下，头脑里昏昏沉沉，变得无精打采了。看来，还是昨夜为了欢迎丈夫归来，实在太累了的缘故。

波子很不好意思。

有时候，矢木由较长期的旅行中归来，当天夜晚波子总是无意义地拾拾掇掇，不肯就寝。

“波子，波子！”

矢木喊道：

“你老是洗什么呀？一点钟啦！”

“唉，我把您旅行中的脏衣服洗了就来。”

“明天洗不行吗？”

“我不喜欢从包里掏出来团在一块儿……明早要是被女佣看到了……”

波子光着身子给丈夫洗内衣，她对自己的姿态，有着一种罪人的意识。

洗澡水已经不热了，波子仿佛特意要洗温水，她的下巴颏之下冻得直发抖。

她换上睡衣，照了一下镜子，还是不停打哆嗦。

“怎么啦？洗了澡，反而感到冷……”

矢木不解地说。

这阵子，波子在压抑自己，矢木心里明白，却佯装不知。

波子一时陷入一种虚幻之中，她仿佛受到丈夫的拷问，然而，那种罪人的意识淡薄了，接着，似乎又被一手推开了。正在这当儿，她又被摇来摇去。这回，她紧闭着的眼睛里，仿佛出现一只金轮子，旋转着，鲜红如火。

从前，波子有一次将脸孔紧靠在丈夫的心坎上，说道：

“哎，我看到了金轮子，骨碌骨碌转呢。眼里立即变得一片鲜红！难道是死吗？这样下去行吗？”

“我是个疯子吗？”

“你不是疯子。”

“不是吗？好可怕呀。您怎么样？和我一样吗？”

她厮磨着：

“哎，快告诉我……”

矢木沉静地回答了她。

“真的吗？那就好……我真高兴啊！”

波子哭了起来。

“不过，男人不像女人那样。”

“是吗？……都怪我。对不起。”

这样的问答，现在每想起来，波子就觉得年轻时的自己很可怜，不由得珠泪盈盈。

现在，有时也看到金轮子和红色，但不像往常了。而且，也不在乎了。

如今，已经不是幸福的金轮子了，紧接其后的是揪心的悔恨和屈辱。

“这是最后一次，绝对。”

波子对自己喃喃自语，为自己开脱。

可是，回想起来，二十多年的岁月里，波子一次也没有明显拒绝过丈夫。当然，她也一次没有主动明显地求过他。这是多么奇怪啊！

男女之差，夫妻之别，难道不是最可怕的差别吗？

女人的审慎，女人的羞怯，女人的真诚，都是幽闭于日本亘古不变旧习中女子的标识吗？

波子昨夜一醒过来，就摸索着丈夫的枕头，按了按那只怀表。

敲了三点，接着就丁零丁零丁零响了三回。看来是四十分到五十五分之间。

这块怀表的响声，高男说像那小小的八音盒。

“让我想起了北京人力车的铃铛。我一直乘坐的车子上，就坠着这种清脆响声的铃铛。北京的人力车，车把很长，一跑起来，前端上铃铛的声音，像是在远方鸣响。”

矢木曾经说过。

这块怀表也是波子娘家父亲的遗物。

听到父亲遗物里的声音，似乎母亲正在悲戚，矢木硬是向她索要来了。

今天夜里，波子从北风的呼啸声中醒来，她想尝试一下，一个年老的母亲，听到这块怀表的响声，会是怎样一番心情。母亲该是如何怀恋活着时候的丈夫和枕畔这种亲切的音响啊！

正如高男从怀表的声音上感受父亲一样，波子也感受到了自己的父亲。

这是在高男出生很早之前，自波子的少女时代就有的古老的怀表。这种响声诱发了高男幼年时代的回忆，作为母亲的波子，也由此想起了自己的童年。

波子又摸索一下怀表，这回放在自己的枕头上，使之鸣响。

“丁，丁，丁，丁零，丁零，丁零……”

其后，她听见后山的松林里呼啸的寒风。

住宅前面高高的杉树林里，似乎也有风的声音。

波子背对着矢木合掌。黑暗里，她把手缩在被窝中合掌。

“真没有出息啊！”

同竹原站在皇居前，害怕身在远方的丈夫，昨天晚上，突然听到丈夫归来，竟然害了贫血症，可波子暗暗的抵抗，被巧妙地打碎了。

现在，波子就是为此而合掌，但也不只是为

了这个。因为在她心里，也闪现着一丝对竹原的嫉妒。

刚才就寝之前，波子也嫉妒着竹原，自己都感到惊讶。

对于久在他乡、一夕归来的丈夫，波子并不起疑心，也不感到嫉妒。这个且不说。但是迎接丈夫的女人于悔恨之中，波子对丈夫没有嫉妒，却出乎意料地对竹原感到嫉妒。这种活生生的嫉妒之感，甚至含有令她窒闷的欢乐。

眼下，夜半醒来，这种嫉妒又在闪耀，波子合掌喃喃自语。

“对一个未曾见过的人……”

她指的是竹原的妻子。

不为别人所见的合掌，是波子跳罢《佛手》舞之后的习惯。

《佛手》舞始于合掌，终于合掌，各种佛手的形态在舞动的当儿，也插入了合掌，通过合掌将臂腕的一系列动作统合起来。

“……你们之间，究竟有没有嫉妒，互相似乎都看不出这种迹象，在别人眼里，总显得有些阴森可怖。”

听竹原这么一说，波子闷声不响了。就在这

个时候，心头也还是为着嫉妒而震颤不已。她不是对丈夫的嫉妒，依然是对竹原的嫉妒。她无法走进竹原的家庭生活话题，波子为此而感到心烦意乱。

然而，波子在迎接丈夫归来的夜晚，一觉醒来，还在嫉妒竹原的妻子，这实在出乎她的意料。丈夫撩拨着波子的欲情时，也会产生对别的男人的嫉妒吗？

“我不是罪人啊，我不是罪人。”

波子合掌，心中默念着。

可是，自己这种罪人的意识，是对丈夫而言呢，还是对竹原而言呢？波子并不很清楚。

波子对远方合掌，向竹原道歉，一颗心也自然飞往那里。

“晚安，你是怎么躺着的？在什么样的房子里？……我没见过，不知道。”

接着，波子又睡着了，这种深沉的睡眠，是丈夫所赐予。

今天早晨醒来，她头脑清晰，精神焕发，这也是如此。

波子起得比平时都晚，早饭也拖后了。

“爸爸今天上午有课，该走了吧……”

高男似乎在催促父亲。

“嗯，好，你先走吧。”

“是吗？我也可以请假……”

“不行。”

高男正要走，矢木叫住他。

“高男，昨晚说的阵亡学生纪念像，学校方面是害怕思想背景吧？”

品子到厨房帮女佣做事。

波子对正在看报的矢木说：

“喝咖啡吗？”

“这个吗，要是早饭前，是要喝一杯的。”

“我们今天要去东京排练，也要出去……”

“我知道，今天是‘你们’的排练日。”

矢木带着几分嘲讽的语气：

“呀，出门很久了，今天我想待在家里，好好晒晒太阳。”

位于堂屋和厢房之间的排练场，本来是矢木的书库，兼书斋和日光室，厚厚的窗帘严严地遮住了南边一整排玻璃窗户。

收拾一下书橱，正好做芭蕾舞排练场。

矢木也许上了年纪，读书写作常在和式房间，他不反对给女儿当排练场。

不过，矢木说晒晒太阳，就是待在原来书库里的意思。

波子迟迟不离开座位，矢木将报纸撂在一旁。

“波子，你见到过竹原君了吧？”

“见到了。”

波子似乎被揭了短地回答。

“是吗？”

矢木一副平静的样子，不经意地说：

“竹原君，他还好吗？”

“他很好。”

波子盯着矢木的面孔，目光不能离开。她一想到自己的眼睛，眼眶似乎就要涌出泪来，她想眨一下眼睛。

“是应该很好呀，望远镜加上照相机，听说竹原君很风光啊！”

“是吗？”

波子的声音有些沙哑，她清了清喉咙继续说：

“这种事我没听说过……”

“他不会跟你波子谈生意上的事，历来不就是如此吗？”

“嗯。”

波子点着头，移开了视线。

透过格子门上的玻璃眺望庭院，杉树的阴影落在地面上，那是杉树梢的影子。

从后山上下来的三只竹鸡，时而走进树影，时而又到太阳底下散步。

波子的胸口怦怦直跳，心里十分紧张。刚刚有些平静，顿时又僵硬起来了。

可是，波子感到丈夫的神色含着温暖的爱怜之情。她望着院子里的野鸟说：

“说不定哪天，也许要卖掉厢房，以前竹原君在这里住过一个时期，我想提前跟他说说……”

“哦，是吗？……”

于是，矢木陷入沉默。

矢木的“哦？……”看起来是在深思熟虑，实际上是在打自己的小算盘。波子想起了以前对竹原说的话。

眼下这事也是“哦，是吗？……”，真是有点儿可笑，可波子感到很难受。自己对竹原说了这么多丈夫的坏话，这使她觉得羞愧难当。

“不过，还真是想得周到啊。”

矢木笑了。

“因为让竹原君在厢房住过，现在想卖掉，便去找竹原君，求他能够原谅。这份礼仪真是尽到家啦！”

“我不是去求他原谅。”

“唔，对于竹原君，波子你还是余情未了吧？”

波子被刺了一针。

“啊，好了，厢房的事我不同意，这事等以后再说吧。”

矢木反而安慰起波子来。

“你得走了，否则赶不上排练。”

波子在电车里，茫然四顾。

“妈妈，可口可乐车……”

听品子一说，波子向外一看，车皮刷成红色的货车驶过去了。

快到保土谷站了，布满枯草的山丘上，警察预备队的招募广告十分醒目。

东京来去，矢木总是乘横须贺线的三等车。

波子也乘三等，不过有时乘二等。她有两种车票：三等月票和二等回数票[1]。

品子练舞很辛苦，必须保证舞台的演出，为了使她不至于太劳累,母亲陪她一起时都乘二等车。

登上二等车厢前，不经意地会看到三等车混杂的情景，但直到品子今天发现可口可乐车之前，波子都不曾意识到自己乘坐的是二等车厢。

品子是个少言寡语的姑娘，在电车里不大爱

1 回数票：一次买十张车票，同时优惠一张，共可以乘坐十一次。

说话。

波子把身边的品子也给忘了，她一直在胡思乱想，由自己的身世，想到别人的身世。

波子毕业于豪华的女校，同学中有好多人嫁给了名门贵族。这样的家庭因战争失败而大多凋落。她们一方面在操持不熟悉的家务的过程里变成中年妇女；一方面又在旧道德的动摇之中经受了磨炼。

像波子和矢木一样，不是指望丈夫而是依靠妻子娘家的财产过活的同学，也不在少数。但是，这类夫妻也往往失去家庭的稳定。

“每一桩婚姻总好像是非凡的……即使是两个平凡的人走到一起，他们的婚姻也会变得非凡起来。”

波子对竹原说的这段话，也含有她对所看到的这些同学的实际感觉。

因为维护夫妻生活的古老的围墙和基石崩溃了，打破了平凡的外壳，露出了原本的非凡。

较之自己的不幸，他人的不幸更会引起自己的绝望之感。但波子所得到的不仅是绝望，她为他人感到震惊，也使自己保持警醒。

一个朋友因为爱上另外的男人，和他分手后，才开始知道和丈夫结婚的喜悦。还有一个朋友，因为有个二十多岁的恋人，在丈夫面前也立即变得年轻多了，一旦同那个年轻的恋人疏远，对丈夫也随之冷淡下来。受到怀疑之后，又破镜重圆，从别处汲取爱的泉水，倾注到丈夫身上。不管哪个朋友的丈夫，都没有嗅出妻子的这个秘密。

在战前，波子的朋友即使一块儿相聚，也都不曾谈论过这样的知心话。

电车离开横滨，波子说：

“今早呀，你爸爸瞅着龙虾没有动筷子，是不是嫌是剩下来的?”

“不是的。”

“妈妈想起一件事：我们刚结婚不久，给客人上的点心，客人走后爸爸伸手去拿。我大声提醒他，不要吃人家剩下来的东西。爸爸满脸露出奇怪的表情。细想想，各各分盛在盘子里的点心，客人剩下的，总觉得就是脏的，而盛在大盘子里的，即使剩下来，感觉也不一样，真奇怪！我们的习惯和礼仪之中，这类事情很多。”

“嗯。不过，龙虾不同，爸爸也许是对妈妈一时撒娇吧?”

波子在新桥车站告别品子，换乘地下铁，去日本桥排练场。

从前年开始，品子进入大泉芭蕾舞团，在团里的研究所上班。

波子虽然也教芭蕾，但为了品子，她还是让女儿离开母亲。

品子经常去日本桥排练场。在北镰仓家中，偶尔也代替母亲教课。

然而，波子却很少去女儿所在的研究所。大泉芭蕾舞团公演的时候，也尽量不在后台碰面。

波子的排练场在一座小型楼房的地下室。

矢木叫别人给他去掉虾壳，也可能是对她撒娇，就像品子说的那样，还可以这么考虑吗？波子一边思忖，一边进入地下室。

透过玻璃门，发现助手日立友子将地图摊在地板上看着，波子停住脚步。

友子穿着黑色大衣在忙碌着，开着古式的领子，衣裾没有分衩。因为比品子矮，将品子的旧衣服给她，本以为衣裾的尺寸不会太显眼，但依旧显得极为老式。

“辛苦啦，真早啊。”波子走进里间，“天冷，还是点上炉子吧。”

“早上好。身子动起来，就热了。”

友子似乎有所觉察，她脱去大衣。

毛衣是用旧毛线重新编织的，裙子也是品子

穿过的。

友子跳起舞来，姿势和动作比品子更具一种柔和之美。她为波子做陪练有点儿可惜。波子和品子都劝她和品子一起进大泉芭蕾舞团，可她一直表示只想留在波子身边。这不仅是为了报恩，友子似乎认为，能为波子尽力，就是自己的幸福。

碰到品子登台，友子形影不离，化妆、穿衣，照顾得无微不至。

友子比品子大三岁，二十四了。

单眼皮，有时也露出倦怠的双眼皮来。

在煤气炉边，友子接过波子脱去的大衣，今天的友子，又变成了双眼皮。波子心想，她是不是边哭边擦地板的呢？

“友子，你心里有什么不痛快的事吧？”

“哎，以后再说吧，今天就不……”

“是吗？等你方便的时候……不过，还是早一些为好啊。”

友子点点头，走到对面，换上排练服。

波子也穿上了排练服。

两人抓住把杆，开始练下蹲的动作，友子和平素不一样。

早晨下了冷雨，这是波子在家里练习的一天。

上午，她改制品子的旧衣服以后给友子穿。

镰仓、大船、逗子的少女们，放学后都来这里排练。二十五个人,不便于分组,从小学到高中,年龄不同,来的时间也不一样。波子觉得很难教,感到劳而无功。可是学生络绎不绝，还是有些收益的。

可是，逢到排练日，这天的晚饭都很迟。

“我回来啦!”

品子登上排练场，摘掉盘在头上的白色丝绒领巾。

“好冷啊，东京昨晚下了雨夹雪，早晨，听说屋顶和院里的脚踏石都变白了……我是和友子一道回来的。”

“是吗?”

“友子路过研究所了。”

“老师，晚上好……今天我想来看看您……”

友子站在门口，对波子说罢，也向学生打招呼:

“晚上好!”

“晚上好!”

少女们回应着，她们都认识友子。

品子走进来，有的女孩儿眼睛为之一亮。

“友子，洗个澡，暖暖身子吧，和品子一起去。

我还有一会儿就结束了。”

波子重新面向少女们，友子悄悄走到她身后：

“老师，也让我一起跟着练习吧。”

“行吗？那好，你代我一下……我去看看你的晚饭就来。”

天然的岩盘上凿成的一段阶梯，品子一面从石阶走下来，一面小声说：

“妈妈，友子好像有什么心事。今天妈妈没去东京，她显得有些寂寞难耐呢。”

“一个星期前，她心里就有点儿事。今天是来谈谈的吧。”

“是什么事？”

“听她说了才会知道。”

“再给友子一件我穿过的大衣吧？”

“好哇，那就给她吧。”

波子走下两三段石阶，说道。

“我对她照顾不周，友子那里虽说只有两个人……”

“她妈妈，是吧？……友子的妈妈也在工作对吧？”

“是的。”

“把她们娘儿俩接过来，照顾着，怎么样？”

“不是这么简单的事。”

“是吗？……回来的电车上，友子神情悲伤地盯着我看。虽说领巾紧紧裹着头，可网眼儿很疏，我打缝隙里发现她在看着我。可我一直故意装作不知道。”

“我们品子就是这样的人……”

“她一直瞅着我的手呢！”

“是吗？她呀，还不是一直觉得你的手生得白嫩吗？”

“不是，我看到她眼睛里满含悲戚。”

“因为自己悲伤，就会一直盯着美的东西，不信你回头问问友子看。”

“这种事，不好问……”

品子站住了。

两人来到庭院。细雨如丝。

“是一幅什么画来着，是日本的美人画吧，脸画得大大的。头发很漂亮，长长的睫毛，覆盖着乌黑的眸子……”品子停顿了一下，“看到友子的眼睛，我想起了这幅画。”

“是吗？友子的睫毛不怎么浓啊。”

“她低眉时……上睫毛的阴影就映在下睫毛上。”

听见练舞的脚步声，波子抬起头来。

“品子你也陪着她吧。”

“是。”

品子体态轻盈地登上雨湿的岩石板道。

晚饭前，品子带着友子去浴场，等友子一脱掉大衣，品子从后面在她肩膀上又披上另外一件大衣。

“套上袖子瞧瞧……”

友子还穿着一身排练服。

“要是合身，就送给你穿吧。”

友子一惊，缩着肩膀。

“哎呀，这怎么行，太不好意思啦。”

“为什么不行?”

“我不能要啊。”

“我已经跟妈妈说好啦。”

品子迅速脱掉衣服，进去了。

友子稍后进去，抓住浴缸的边缘。

“矢木先生已经洗过了?”

“你问我爸爸吗？大概洗过了吧。”

“你母亲呢?”

“在厨房。”

“我先泡澡不太好，只冲冲身子吧。”

“没事的……那样太冷啦。”

“我不怕冷……用水消汗，习惯了。”

“跳舞以后也这样吗?”

品子沐进水里太深了，她甩甩濡湿的头发梢儿，用手捋一下。

“我们家的浴缸太小了，失火烧掉的东京研究所，那里浴场很大，真舒服。小时候，经常和友子在冲洗间，光着身子学跳舞呢。还记得吗?”

“还记得。”

友子学着品子的口吻，突然身子一缩，遮遮掩掩，慌忙进入了水池。

接着，她双手捂在脸上。

“等我自己成立家业的时候，要建个大浴场，痛痛快快地洗……那时也许会练练舞什么的。”

“打那时候起，我的皮肤就变黑了，真羡慕品子呀……”

“黑什么呀，那是很有品位的肤色嘛……”

“哎呀!”

友子羞涩地随便拉起品子的手瞧着，品子吃了一惊。

“怎么啦?”

“没什么。”

友子说着，将品子的一只手放在自己左手的掌心上，用右手捏住品子的手指尖儿瞧着，然后翻过品子的手，再看看她的掌心，亲切地抚摸了一下，又即刻放开了。

“宝贝呀，这是一个优雅的灵魂的手啊！”

“哪里呀。”

品子将手藏进水里。

友子从水里伸出左手,将小手指靠近嘴唇旁边。

“是这样的吧？”

“哎？”

友子早已把手缩进水中。

“在电车上……”

“啊，这样？……”

品子抬起右手，一时有些迷惑，她用食指和中指的指尖儿，轻轻触动着嘴唇的斜下方。

“这样？……中宫寺的观音菩萨？……广隆寺的观音菩萨……”

“不对，不是右手，是左手啊。”

友子说。品子已经用无名指的指尖儿抵住大拇指的手指肚儿，学着观音或弥勒的手势。

接着，脸上也自然被神佛的思维所引诱，微微前倾，安详地闭着眼睛。

友子不由啊地惊叫了一声。

刹那间，品子睁开眼来。

“不是右手吗？不是右手，好奇怪呀。”她看看友子，“广隆寺的观音菩萨，和中宫寺的手指很相像，是御物[1]金铜佛，大头的如意轮观音，手指伸得笔直，是这样。”

品子说着，这回胡乱地用手指尖儿抵住右边下巴颏。

“这是从妈妈的舞蹈中学来的。”

“这不是佛的姿势，这是品子自然的手势。用左手，这样……”

友子像刚才一样，用左手小手指靠近嘴唇旁边。

“啊，这样……”品子也学着，“佛是右手，人就是左手吧。”

她笑着出了浴池。

友子留在热水里，她说：

“是啊，人们思考的时候，多半是用左手支撑着下巴……回程的电车上，品子做出这样的姿势，手背雪白，手掌微红，嘴唇分外好看。”

“哪里呀。”

“真的。樱桃小嘴，犹如蓓蕾初放。”

品子低眉洗脚。

“一直都是这样的，自己也没有注意，也许

1 御物：gyobutsu，日本皇室、天皇家族收藏的历代书画及其他文物。

是模仿妈妈舞蹈的姿势吧。”

“品子，再学一下广隆寺菩萨的手势……”

“这样？……”

品子挺着胸脯，闭上眼睛，用拇指和无名指画了一个圆，靠近面颊。

“品子，跳个《佛手》舞吧，再让我跳一个进香的飞鸟时代的少女……”

“不行啊。”

品子摇着头，停下了模仿菩萨的姿势。

“那观音菩萨胸脯平平，没有乳房，是不是男的？——一个没有救助女人愿望的人……”

“是吗?”

“在澡堂里模仿菩萨的姿态，太随便啦。凭这副心境，是不能跳《佛手》舞的。”

“啊!”

友子犹如大梦初醒，出了浴池。

“我可是认真求你跳的。”

“我也是认真对你说的。”

“虽说是这样，但我还是希望你为我跳一遍。”

“好的，等我也有了点儿佛心之后吧。日本的古典舞蹈也是同样，到了想跳的时候，随时都能跳……”

"不要说什么随时……说不定明天就会死呢。"

"谁明天会死呀?"

"人哪……"

"倒也是，那是没办法的。假如明天会死，那么就把今天在澡堂里学着模仿的样子，权当是跳了一次《佛手》舞吧。"

"就这样吧。如果不只是模仿，而是想着要真正跳一番，那就更好了。哪怕明天就死……"

"明天不会死的。"

"说死，只是个比喻。说明天，也是……"

"天有不测风云……"

品子说到一半嗫嚅起来，她看看友子。

眼前，站着友子活生生的光裸的身子。友子虽然比品子稍黑，但在品子眼里，友子的肤色，因部位不同而或浓或淡，变化微妙。例如，脖颈呈淡褐色，高耸的胸脯自根部至峰顶逐渐白皙，心窝之处略显黯淡。

"品子你说没有救助女人的愿望的人，这是真心话吗?"

友子嘀咕着。

"这个嘛，倒也不是开玩笑啊。"

"咱俩跳《佛手》舞吧。也让我一起跳……你妈妈的《佛手》是独舞。但加上一个拜佛的飞鸟少女也无妨啊，再添加一点儿曲子的话……”

“加上拜佛舞，菩萨的舞蹈比较轻松，可以马虎一些……”

“不能马虎呀……我拜品子，我的动作，对于品子菩萨的动作，是破坏还是衬托，我没有把握。但是，我要和品子两人一起，拼上性命跳好拜佛少女这出舞蹈。我要请你妈妈做指导……”

品子稍稍被友子所慑服了。

“不管什么跳法，被拜者总觉得很不好意思啊……”

“拜品子，我很想跳呢。这是青春时代友谊的遗物……”

“遗物？……”

“是的。将这作为我青春的遗物……即便现在，一闭上那双眼睛，品子的眼眉就像菩萨的眼眉啊，真是好看。”

友子一个劲儿说着。品子感到，友子最近就要离开妈妈和自己了。

吃过晚饭，友子也到厨房帮忙。这时，波子走来了。

“爸爸听罢新闻，脸色很阴郁。这里完了之后，去品子的厢房待着吧。爸的战争恐怖症又发作了……”她小声说。

“他说，到下次战争，自己的命就完啦。”

品子她们放轻了动作，七点钟的新闻广播结束了。

“厨房里一旦很热闹，他就心烦。”

品子和友子面面相觑。

“战争也不是我们发动的……”

中国军队二十多万人，越过国境进入朝鲜，联合国军队开始总撤退。十一月二十八日，麦克阿瑟司令发表声明：“我们面临一场新的战争。”“朝鲜战乱迅速结束的愿望，最终被打碎。”四五天之前，联合国军队正逼近国境，准备转入最后总攻。形势急转直下，美国总统在十一月三十日的记者会上说：“政府为了对付朝鲜新的危机，必要时将考虑对中国军队使用原子弹。”英国首相说，他要到美国和总统举行会谈。

波子二十分钟之后，来到品子的厢房。

“雨停了，外面还是很冷。友子，你就留宿在这儿吧。”

“嗯。”品子代她回答，“一起回来，就是这么想的。”

“是吗？”

波子坐到火钵一旁，看到放在那里的大衣。

“品子，这个决定送给友子了吗?”

“嗯。但是她不肯要。友子说了，战后我有三件大衣，她拿去两件就太不像话啦。她真是个有心人啊……”

“这不算什么呀。”友子打断她的话，“马上就要下雪了，没有一件替换的怎么行啊？品子回到后台，总不能穿一件脏兮兮的大衣呀……”

“没关系的，今天早晨，我也改制了品子一件旧的……”

波子喘口气之后，又接着说：

“不过，旧大衣、旧服装什么的，也顶不了什么用啊。友子，今晚上，你就把心里的烦恼说说吧。”

“好的。”

“只要我能帮忙的，不论什么事情，一定尽力。过去，一切事都是友子帮我照料，而不是我自己。你在我身边为我尽力的年月，是我一生当中最为宝贵的一段时间。这段时间很短，不可能永远持续下去，所以我要宝贝你。等友子结婚了，这段时间就算到头了。”

“可是，友子的苦恼不是为了婚姻的事吧。”

友子点点头。

“我打小时候起，就过于仰仗别人的好意和亲切之情，只顾享受着友子的一番尽心尽力。这一点，我自己也很清楚。所以，我巴望你早点儿成家，离我而去，这样更好……我也有这样的想法。”

波子看看友子：

“你的婚姻、事业和生活，可以说都为我而牺牲了。你全神贯注，为我而献身。”

“什么牺牲，根本谈不上呀……这样跟老师厮磨在一起，是我的福气。我受到老师和品子的百般照料，能稍稍为老师献身，我感到非常幸福啊。只有献身才是我的幸福，对于一个没有信仰的身子来说……”

“是吗？没有信仰的身子？……”

波子重复着友子的话，自己也思虑起来。

“说起来……”

品子嘀咕了一声。

“战争结束的时候，品子十六，友子十九了吧？虚岁上……”

“友子说没有信仰的身子，其实，你对我也是一个竭尽全力献身的人啊……”

波子说罢，友子摇摇头：

“有些事情我是瞒着老师的。”

“瞒着？……什么事呢？是你生活中的烦恼吗？”

友子又摇摇头。

波子反复叮问，友子就是不肯回答。

“要是不便对我说，以后也可以告诉品子。”

波子说罢，不久就回堂屋去了。

两人并排铺好被褥，熄灭枕头旁边的灯，友子才告诉品子，她想离开波子去找工作。

“我早已预料到了。妈妈也说，我们对友子照顾不周，感到对不起你。”

品子从枕头上转过头来：

“可要是这样……”

“不，我们没关系。不是因为我和妈妈的事。”

友子支支吾吾地说着：

“孩子生病，没办法呀。孩子的命是无价之宝啊。”

“孩子？……”

友子应该没有孩子。

“孩子，谁的孩子？……”

友子说，是她喜欢的人的孩子。那人有两个孩子，都得了肺病，住院了。

“夫人呢？……”

“夫人身体也不好。”

“他是有妇之夫啊?”

品子突然尖锐地冒出一句，接着压低声音：

“也是有孩子的人?”

“嗯。”

“为了他的孩子，你要去工作?”

黑暗里没有回应，品子喊了一声：

“友子!”

“这也是友子的献身吗？我真不明白。那个人是怎么想的，我也不明白。自己的孩子有病，要你去挣钱看病?”

品子越说越激动：

“这种人也值得你爱?”

“不是他强迫我去挣钱，是我自愿要去工作。”

“都是一回事。这人真可怕。”

“不是，品子……孩子的病是我喜欢上他之后得的。这是降临到他头上的灾难，还是命中注定？他的事也就是我的事啊!”

“可是……他的夫人和孩子也要靠你挣钱养活了，这样好吗?”

“他的夫人和孩子，根本不知道我。”

品子的嗓子眼儿仿佛一下子堵住了：

“是吗?”

她放低声音：

“孩子几岁啦？”

“老大是女孩儿，十二三岁。”

从孩子的年龄可以推算父亲的年龄，品子想，友子的那个相好也快要四十岁了吧？

品子睁开眼，沉默着。黑暗里，听到友子移动一下枕头的声音。

“我要想生孩子早就生了。我可以生个身体结实的孩子……”

这话听起来像白痴，品子觉得友子不干净，心里有些厌恶。

“我是自言自语，对不起。”

友子意识到了品子的反应。

“我对品子你说这些也很难为情，可要是不说出来，就等于撒谎啊。”

“一开始就是撒谎呀。友子，我问你，为对方的孩子尽力，这不是撒谎吗？听了你刚才的话……也都是撒谎啊。”

“不是撒谎。虽然不是我的孩子，但也是他的孩子呀。再说，这是人命关天的事，他所珍爱的，也就是我所珍爱的。他的苦恼，也就是我的苦恼。哪怕这些不是什么真正崇高的真实，也会成为我个人所信赖的真实。要是按照品子谴责我的道德，或者凭我哀怜自己的理性办事，那么他孩子的病就无法好转，不是吗？”

“即便病好了，往后一旦知道是你出了钱，他夫人和孩子又会怎么想呢？他们会来感谢你吗？”

“要是这样想来想去的，结核菌也不会等着。以后，孩子也许会恨我，那时候，他能恨我，就是因为他活下来啦。如今，他为了孩子的病努力拼搏，我也要拼死拼活地助他一把力！”

“他可以去拼命干活挣钱嘛！”

“一个老实巴交的职员，到哪里挣大钱去？”

“友子，你怎么去挣钱呢？”

友子似乎很难为情地表明了心思，她说要到浅草的娱乐场找工作。

听友子的口气，品子觉察她要去当脱衣舞女。

友子爱上一个有老婆孩子的男人，为了给他的孩子治病，自愿去跳脱衣舞。这对品子来说，实在不可理解。

对于善恶的判断，也仿佛出于噩梦之中，品子感到茫然。这也是女人的爱的献身？抑或牺牲？不管怎么说，友子已经在浅草娱乐场露出了裸体，这就是铁的事实！

她们两个从小互相激励，即便在战争中也悄

悄坚持过来的古典芭蕾，如今对于友子竟然起到了这样的作用。

品子心里很清楚，不论怎样愤怒阻止她，或者苦苦哀求她，决心已定的友子都将一概不予理睬，她将沿着自己的路走到底。

“最近老是说着自由，自由，我也有将自己的自由献给所爱的人的自由。我这样做，对于我来说，就是自由。信仰的自由，不也是有的吗?”

一次，品子曾经听友子这样说过。所谓“所爱的人”，品子当时以为指的是母亲波子，看来，当时友子已经爱上那个有妻眷的男人了吧。

今晚洗澡的时候，一反往常，友子在品子面前显得羞答答的，也许想到自己不久就要去跳裸体舞了吧?

友子的那副裸体在品子眼前浮现。她是否怀过孩子呢?

翌日早晨，友子醒来，品子已经不在被窝里了。

睡过头了，友子慌忙拉开挡雨窗。

友子睡在一座长满松树和杉树的小山之间。茂密的竹林对面，西边小丘斑驳的松影里，富士山依稀可辨。来自东京废墟上的友子，深深吸了一口气，似乎有些头晕，扶着玻璃窗蹲了下来。

垂枝樱的枝条耷拉在眼前，下面一棵小山茶树绽开花朵，鲜红的花骨朵浓艳欲滴。

波子走出堂屋，趿拉着木屐站在庭院里。

“早上好。”

“老师，早上好！这里太安静，我睡过头啦。”

“是吗？你没睡好吧？”

“品子她？……”

“她一大早摸黑钻到我床铺里，把我吵醒啦。”

友子抬眼看着波子。

波子的脸孔至胸脯，掩映在竹叶的阴影里。

“友子，这个……装在你的手提包里……拿去卖掉吧。”

波子伸出握着的手，友子一时没有去接：

“是什么呀？”

“戒指。别被看到了，快收起来。今早品子都跟我说啦。这间厢房，我也想卖掉。你也再等一些时候吧。”

友子攥着手里波子塞给她的小戒指盒，眼里溢满泪水，一下子趴倒在地上。

冬天的湖

响起了《天鹅湖》的音乐。

这是芭蕾舞第二幕，天鹅们的舞蹈。

随着白天鹅公主和王子齐格费里德悠缓的舞姿之后，是四人舞，接着是双人舞……

趴在廊缘上的友子，忽然直起腰来。

“品子？……是品子！”

仿佛被音乐感动了，新的泪水又流过她的面颊。

“老师，品子一个人在跳呢。听了我昨晚那些可厌的事情，她为了驱除阴郁的心情，才跳起了舞。”

“她跳的是四天鹅舞吗？四人舞……”

波子应和道，仰望着山岩上的排练场。

后山松林的对面，飘着一片白云，从边缘到中央，透射着早晨的阳光。

友子的心中浮现着罗曼蒂克的舞台。

山间湖畔的月夜，一群天鹅游到岸边，化作美丽的少女，翩翩起舞。魔鬼罗斯巴特施行魔法，使得一群姑娘化为天鹅，她们只有夜间来到湖畔，才能暂时恢复为人形。

白天鹅公主和王子为爱情起誓，也是这第二幕。据说，一旦被不曾恋爱过的年轻人爱上，他的爱的力量，就能解除魔法的诅咒。

想着《天鹅湖》的乐曲还会继续，友子等待着。然而，第二幕只有天鹅的舞蹈，排练场随后变得沉寂了。

“已经结束了……”

友子还在幻想之中：

“希望再跳下去。老师，在这里一听到音乐，我就看到了品子在跳舞。”

“是的，友子对品子十分了解，可以说是无所不知啊……”

“嗯。”

友子点点头：

“可是……”

她正要说什么，突然猛醒似的响起了节日欢快的音乐。

“哎呀，《彼得鲁什卡》[1]……”

圣彼得堡广场，魔术团小屋前边，参加狂欢

---

1 《彼得鲁什卡》：俄国作曲家斯特拉文斯基创作的芭蕾舞剧。

节的群众在跳舞。

斯托科夫斯基指挥、费城管弦乐团演奏，胜利公司灌制。

友子热泪盈眶，闪闪地放散着光辉。

“啊，我想跳，老师，我要去和品子一起跳舞。”

友子站起身来。

“告别芭蕾……这场《彼得鲁什卡》的狂欢节最合适啊！”

波子回到堂屋，只有矢木和她两个人吃早饭。

高男一早就上学去了。

排练场反复传来《彼得鲁什卡》第四场芭蕾舞的音乐。

“今天早晨，真是一场‘伟大的节日喧闹’。”

矢木说。

“完全是‘伟大的噪音’。”

《彼得鲁什卡》是一幕四场的芭蕾舞剧，第一场和第四场都是在狂欢节的同一座广场。第四场临近黄昏，喧闹的人群似潮水涌动，逐渐进入高潮。

在组曲的唱片中，第四场喧闹的节日音乐是三面录音唱片[1]，手风琴、铜管乐器和木管乐器，

1 三面录音唱片：疑为录制成三面（一张半）的唱片。

描绘出互相拥挤、互相冲撞，喧嚣不止杂乱狂热的场面；接着是摇篮女的舞蹈，牵着熊的农民的舞蹈，吉卜赛舞蹈，驾车人和马夫的舞蹈；然后是化装游行的舞蹈。“伟大的噪音”，这是某人听过《彼得鲁什卡》之后说的话。

“品子她们不知道跳的是什么角色啊。”

波子也这么说着。节日的人们似乎都在即兴地跳跃着，舞姿热烈，令人眼花缭乱。

不一会儿，雪片瑟瑟飘落，大街上亮起了灯光，震耳欲聋的欢乐声达于高潮。这时，偶人小丑彼得鲁什卡因被偶人舞女拒绝而失恋，最后于节日的人群中被情敌偶人摩尔杀死。接着，魔术团小屋的房檐上出现彼得鲁什卡的幽灵，这场悲剧到此结束。

但是，品子她们播放的节日的音乐，反反复复，震响了客厅。

“从早饭前就一直喧闹着，品子她们没有想到尼金斯基[1]的悲剧吗?”

---

1 尼金斯基：指瓦斯拉夫·弗米契·尼金斯基（Vatslav Fomich Nizhinsky，1890—1950），俄罗斯芭蕾舞艺术家、演员、舞美设计师，父母皆为波兰人。一九〇〇年，进入圣彼得堡马林斯基剧院附属舞蹈学校学习舞蹈，十八岁成为该剧院芭蕾舞明星。所演曲目有《牧神的午后》《玫瑰花精》《春之祭礼》等。

矢木嘀咕着，转脸对着排练场。

波子也看着同样的方向：

“尼金斯基?”

“是啊，尼金斯基发疯，不就是战争的牺牲品吗？精神开始不正常时，嘴里就像梦中呓语，不住叨咕着什么‘俄罗斯’‘战争’这些词。尼金斯基主张和平，他是一个托尔斯泰主义者。”

“今年春天，他最终死在伦敦的一家医院里。”

“他疯了之后，从第一次世界大战到第二次世界大战结束后，又活了三十多年。”

彼得鲁什卡，是当年尼金斯基走红的角色，所以矢木才想起他来了。

这阵子，矢木正在根据《平家物语》和《太平记》等描写古代战争的典籍，撰写关于《日本战争文学的和平思想》的研究文章。

因品子她们《彼得鲁什卡》的干扰，上午执笔之前，一整天头脑就给搅乱了。

音乐停止后，品子和友子没有回堂屋，波子过去一看，只见排练场里只有品子一个人坐在那里发呆。

“友子呢?”

“走啦。”

“她早饭也没吃啊……”

“她叫我把这个还给妈妈……”

品子手里拿着小戒指盒。

品子没有把小戒指盒递过来，波子也没有伸手去接。

“我拼命留她，说妈妈和我都要出去，我们一起走吧。可是友子说走就走，根本听不进去。”

品子站起来，向窗边走去。

“真是个奇人!”

波子坐在椅子上，久久凝神望着品子的背影。

“那样待着，会着凉的。换上衣服吃饭去吧。”

“哎。”

品子在排练服外面，罩上一件大衣。

“友子她呀，不愿碰见爸爸，她感到难为情啊。”

“可能是吧。昨晚哭了，一夜没睡，脸色很不好……”

“我也无法入睡，但浑身的力气都耗尽了，还是昏昏沉沉地睡着了。”

品子从窗边转过身来。

“哦，不过，她把大衣穿走了。妈妈改制的毛呢连衣裙也要去了……”

“是吗？那太好了。”

“友子还说，现在离开妈妈去工作，总有一天一定还会回到妈妈身边来的。”

“是吗?”

“妈妈,友子她那样行吗?您打算如何帮她一下呢?”

品子盯着波子,走到她身边:

“必须叫她离开那个人。我来让他们分手。”

“妈妈要是早些发现就好了。很早之前,我就看她的表情有些异常,可她为我办事,一点儿都没变。可以说,友子很巧妙地瞒过了我们。”

“对方身份尴尬,她又不好明白地说出来。那种人,我一定叫友子离开他。”品子再一次强调,然后她又说道,“不过,瞒住妈妈还是挺容易的。”

“品子也有什么事情瞒着妈妈吗?”

“妈妈还不知道吧?爸爸他……”

“爸爸,他怎么啦?”

“爸爸存款的事……”

“存款?爸爸的?”

“为了不给家里人知道,爸爸把存折寄托在银行里了。”

神色怪讶的波子,忽然满脸发青。

紧接着刹那之间,波子胸中涌起一种难于言表的羞耻,心里忐忑不安,紧绷着双颊。

“是高男最先发现的,高男偷了这笔存款,所以我也知道啦。”

“什么，偷了?”

“高男悄悄把爸爸的存款偷出来啦。”

波子的两只手扶在膝盖上，不停颤抖。

据品子说，一直站在父亲一边的高男，看到父亲将家务事全都交给母亲，对于辛苦操劳的母亲无动于衷，暗地里为自己存钱。他实在看不下去，所以将父亲的存款取走了。

后来，父亲一看存折，知道是家里人干的，他认为这是对他无言的谴责和警告。

“爸爸把存折都寄托在银行里了，钱却给取走了，会是怎样的心情呢?”

品子呆然不动：

“爸爸也太不像话啦，很像友子那个相好的。”

“是高男偷的?”

波子无可奈何地嘀咕着，她的声音在颤抖。

波子羞得无地自容，她甚至不好意思正视女儿的脸。随后，袭来一股恐怖的寒流，她浑身战栗不已。

矢木在一所大学里任职，此外，又在两三所学校兼课。当时，胡乱成立了许多新学制的大学，有时也到地方学校做短期讲学。这些收入之外，还有一些稿酬和书籍的版税。

矢木没有将自己的收入告诉波子，波子也不硬要打听。结婚以来的旧习，她是很难改变的。这里有波子的原因，也有矢木的原因。

波子也不是没有想到丈夫很卑鄙、狡猾，但是做梦也未曾想到，他会瞒着家人私自存款。存钱就存钱吧，还把存折寄托在银行。一个养家糊口的男人，这样做还情有可原，但是矢木全然不同。

波子也知道矢木有所得税，可是，不是由自家缴纳，而是将学校宿舍等地方作为纳税单位。或许这样比较方便，所以波子以前也没有在意。现在看来，矢木这样做很可能是为了千方百计对波子隐瞒收入的数额。

想到这里，波子不寒而栗。

“我呀，可以失去一切，没有任何惋惜。”

她说着，捂着额头站起来，从唱片柜一侧的书橱里，抽出一本书来。

“好，我们走吧。”

“干脆像友子一样，我们也变得一无所有，叫爸爸养活我们算啦。那时，高男和我都自己去工作。”

品子挽住妈妈的手臂，从岩阶上下来。

乘上开往东京的电车，波子不想再对品子提

起友子和矢木的事。她想看书，随身带来的是一本写有尼金斯基传记的书。

这是刚才模模糊糊打书橱里随手抽出来的。波子想，矢木所说的"尼金斯基的悲剧"，依然存留在自己的脑子里吧？

"下次再发生战争，那就给我一点儿氰化钾，给高男一座山间烧炭小屋，给品子一只十字军时期的铁制贞操带。"

品子她们的《彼得鲁什卡》音乐停止的时候，矢木说了这段话。波子一阵反感，她想放松一下心情：

"给我什么呢？怎么把我给落啦？"

"哦，对了，落下一个。波子你呀，可以从三个当中，任意挑一个你所喜欢的嘛。"

矢木放下报纸，抬起头来。

面对丈夫和蔼亲切的面容，波子一时迷惘起来。波子浏览了一下报纸上的大标题，矢木继续说道：

"有个问题，品子贞操带的钥匙谁来掌管呢？就给你这把钥匙吧。"

波子悄然站起身，向排练场走去。

这段笑话听了很叫人恶心，然而，当她知道

矢木存款的秘密后，波子再一想起，就感到有些可怕了。

“今早，爸爸听到《彼得鲁什卡》，说什么品子她们还没想到尼金斯基的悲剧吧。”

波子对品子说着，递过来一本《芭蕾读本》。这是一位来日的俄罗斯芭蕾舞演员写的书。品子接过来说：

“看了好几遍啦。”

“是啊，我也读过，不由就带在身上了。爸爸说尼金斯基不就是战争和革命的牺牲品吗？”

“可是，尼金斯基还在舞蹈学校上学的时候，就有一位医生说过，这个少年总有一天会发疯的。”

电车通过铁桥，品子的声音被抹消了。她眺望着六乡的河滩，似乎想起什么，过了铁桥，她沉默片刻接着说道：

“芭蕾舞演员塔玛拉·淘玛诺娃也是一个可怜的革命的子女。她父亲在沙俄时代任陆军上校，母亲是高加索少女。父亲在革命年代受重伤，母亲被子弹射中下巴，在护送她去西伯利亚的牛车上，塔玛拉诞生了。在牛车里呀……后来，在西伯利亚流浪，被迫离开祖国，逃往上海。在那里，她观看了巡回演出的安娜·巴甫洛娃的舞蹈，小小年纪的塔玛拉·淘玛诺娃立志当一名舞蹈家……淘玛诺娃在巴黎歌剧院演出《让娜的扇子》，被称为天才少女，名噪一时。当时她才十一岁。”

“十一岁？……安娜·巴甫洛娃来日本演出《天鹅之死》，是大正十一年（1922年）啊！”

“我还没有出生呢。”

“是的……我结婚之前，还是个女学生。正好是距巴甫洛娃去世前十年左右。她大约是五十岁死的。巴甫洛娃来日本时，和妈妈现在的年纪差不多。”

出生在西伯利亚牛车上的塔玛拉·淘玛诺娃，从上海去巴黎，她在上海观看了安娜·巴甫洛娃的舞蹈，这次在巴黎，自己的舞蹈又获得了安娜的赞许，真是太幸运了。看了小小年纪的塔玛拉·淘玛诺娃的排练，世界一流的芭蕾舞皇后感动了。这位幼小的芭蕾舞演员和她所景仰的巴甫洛娃同台演出了。

后来，她进入蒙特卡洛俄罗斯芭蕾舞团，遂于乔治·巴兰钦等举办的“芭蕾1933”芭蕾舞汇演中，十四岁的塔玛拉·淘玛诺娃稳稳坐上芭蕾舞表演艺术的第一把交椅。

据说这位身个儿小巧、神情悒郁的少女，舞

姿里也总有一种孤寂的影子。

“如今也许在美国跳舞吧，已经该到三十岁了。”

品子想起什么似的说：

“我经常听香山先生讲塔玛拉·淘玛诺娃的故事。香山先生带我到军队、工厂各处去跳舞，慰问伤病员，那时我也就十四岁到十六岁左右……正好和塔玛拉·淘玛诺娃加入芭蕾舞团、同蒙特卡洛俄罗斯芭蕾舞团的‘芭蕾1933’在巴黎演出时一样的年纪。”

“是啊。”

波子点点头。因为品子难得提起香山的名字，她很注意地听着。

可波子转了个话题，说道：

“在英国，芭蕾舞团到前线、工厂、农村等地做巡回慰问演出，在平民群众之中传扬芭蕾舞的魅力。可以说，这是战后芭蕾舞兴盛的一个原因，不是吗？现在日本芭蕾舞的流行，是不是也有这样的因素在呢？”

“不好说啊。受到战争压迫的人们的解放，其中尤其是妇女的解放，通过芭蕾舞这种形式，倒确实体现出来了。”

品子回答道。她接着说：

“跟随香山先生慰问演出的时候，我也是很怀念的。到了东京，在六乡川河上，心里老是想，还不知回来能否活着渡过这座铁桥。我一边跳一边想，干脆死在这里算了。坐大卡车还行，也曾经坐过牛车。在牛车上，香山先生给我讲塔玛拉·淘玛诺娃生在牛车上的故事，我听着哭了。空袭时，城市在燃烧，飞机一旦逼近，立即跳下牛车，躲进树林里。香山先生说，就像当时的俄国人一样。不过，对于我来说，也许比现在更幸福。因为没有迷惘，没有怀疑……一心一意慰问，玩命一般地跳舞。有时也和友子一起去。那时我十五六岁，旅行途中随时都会死，也不觉得害怕。仿佛被一种信仰迷住了……”

旅行途中，香山一直守护着品子，到如今，品子依然感到，他的手臂仍然搭在自己的肩膀上。

“不要再提战争的事啦！”

波子本想悄悄对她说，可声音还是显得颇为严厉。

“是。”

品子看看周围。心想，会不会被人听见了呢？

“那里的六乡河滩，也完全变样啦。从前是高尔夫球场，战争期间，辟为军事训练场，后来逐渐被耕作，河滩一带，都变成麦地和稻田了。”

品子一个劲儿说着，一双美丽的眼眸里，似乎闪现着她和香山一同行进在战火纷飞的旅途上的情景：

“战争年代，没有想得那么多。”

“当时品子你还小，而且大家思考的自由都被夺走了啊。”

“妈妈难道不觉得，战争时代，我们家比现在更为和睦吗？”

“是吗？……”

波子一时不知如何回应。

“那时家里人都生活在一起，不像现在四分五裂。国家虽然衰败了，但家庭还没有破碎。”

“都是因为妈妈吗？……”波子终于开口了，“也许，品子你说的都是真的。不过，在这种真实当中，有着很大的虚假和误差啊！”

“是的，是有的。”

“还有，过去的回忆，用现在的眼光来看，已经无法做出正确的判断。以往的事情，一般都是令人怀念的。”

“是的。”品子诚恳地点点头，“现在，妈妈的苦恼已经过去，等待它们变为值得怀念的事情，今后还有几多山河。”

“几多山河……”听到品子的用词，波子露出笑容，“越过这几多山河的，是品子呢。”

品子沉默不语。

“要是没有战争，品子眼下也许正在英国或法国的芭蕾舞学校跳舞呢……”

不过，当时波子在皇居护城河岸上对竹原所说的“我也许会跟她一道去”的话，如今她没有对品子提起过。

“我的学习，被战争给大大耽搁啦。妈妈即使为了我全力以赴，要获得成功，恐怕得等品子的下一代啦。听说在日本，培养一个芭蕾舞演员，要付出三代人的努力，是吗?”

“没有那回事,你就能做到。”波子使劲摇摇头。

然而品子闭上眼睛说：

“可我不想生孩子呀。在世界进入和平之前，我绝对不生孩子。决心已定!”

“什么?”

波子似乎被突然一击，她看着品子。

“什么绝对，什么坚决，不许胡乱多说！品子呀……你这不是战争年代的语言吗?”

波子半是责备半是玩笑地说：

“妈妈吓了一跳。”

"哎呀，我只说一遍，没有多说。"

"说什么世界进入和平之前，品子决不生孩子，突然在电车里听到这样的宣言，妈妈真是不知所措呀！"

"好吧，这么说吧，我一个人一边跳舞，一边等待世界进入和平。妈妈,这回总该满意了吧？"

"把跳舞说得如此神圣。"

波子只好让她含混过去了，然而，品子的话一直留在她心里，不知道女儿到底是怎么想的。

品子是不是害怕日本也会有在牛车上生孩子的一天？抑或她心中一直想着香山，等待和平，也就意味等着香山呢？

香山已经成为品子爱的回忆，波子从品子的话里也听得出来。这种回忆，作为回忆并没有过去，现在依然鲜活地存在。波子自己在对竹原的回忆上，有着切身的体验。波子现在终于感知，一个少女对爱的思恋是多么根深蒂固！品子的爱的思恋，包裹在回忆的宁静之中，这是因为，品子并未和别的男人结合的缘故吧？假若品子一旦结婚，她对香山的思恋势必重新燃起烈焰，那么，二十年过后……波子想想，还不是和自己一样吗？

昨夜，友子的表白也给品子点起了火花，今

天一早起来，品子就对妈妈说了那么多话。

培养一个芭蕾舞演员，在日本要付出三代人的努力。听到品子这么一说，波子凉了半截。

战争年代，家中反倒和平，这话也没有错，那时粮食缺乏，人命危浅，全家人抱在一团儿，战战兢兢打发日子。波子开始对丈夫疑虑重重，深感失望，那也是战败以后的事，父母的隔阂也波及到品子和高男。波子为此十分苦恼。国家虽然衰败了，但家庭还没有破碎，品子说得没有错。

波子沉默了一会儿，这时，品子又想起了什么来：

“朝鲜的崔承喜[1]，不知怎么样啦。”

“崔承喜?”

“她也是革命的子女，朝鲜战争爆发前，她去了北方，或许应该说是革命的母亲了。我观看崔承喜第一次演出，就像塔玛拉·淘玛诺娃在上海观看安娜·巴甫洛娃跳舞，大概都是一样的年龄吧。”

“是的，那是昭和九年（1934年）或十年的时候，妈妈也感到震惊！从无声的舞姿里可以感受到朝鲜民族的反抗和愤怒。那是一种表现

1 崔承喜（1911—1969）：活跃于二十世纪前半期世界一流的朝鲜舞蹈家。

郁闷的控诉、痛苦的挣扎和粗犷而激烈的抗争的舞蹈！”

“品子记得最清楚的是在崔承喜走红之后吧？她一下子就红起来啦……在歌舞伎座、东京剧场等地举行公演，没有比她更风光的人啦。”

“她呀，从美国一直跳到欧洲呢。”

“是啊。”

波子点点头：

“据说起初，崔承喜想当一位声乐家。崔承喜的哥哥看了来京城[1]公演的石井漠[2]先生的舞蹈，十分感动，就让妹妹作为入门弟子学习舞蹈。在石井先生的带领下，崔承喜来到日本，那年她刚从女校毕业，大约才十六岁……”

“正是我跟着香山先生学跳舞的时候。”

品子再次说道。

波子继续说下去：

“因为是石井漠先生的弟子，看来是传承着老师的舞蹈才看上去如此吧？但是初次登台，崔承喜的舞姿就确实表达了被压迫民族的反抗精

1 京城：汉城，韩国首都首尔旧称。

2 石井漠（1886—1962）：日本舞蹈家，秋田县人。日本现代舞之父，致力于发展现代舞蹈，曾获紫绶褒章。

神。妈妈想到这里，不由一阵惊恐。随着人气陡增，崔承喜的舞蹈也变得绚烂明丽了。黯淡的悲伤和愤怒碰了壁，郁闷的力量也消失了……这也许因为，朝鲜舞蹈已为观众所接受，而石井流派的舞蹈，又不太表现这方面内容的缘故吧？然而，她到西方时，被称作‘朝鲜舞姬’，而在日本时，则成为‘半岛舞姬’。”

“剑舞，僧舞，还有什么‘哎咳呀·诺阿拉’，我也记得。”

“她两手和双肩的运动十分灵活。照崔承喜自己的说法，朝鲜是个舞蹈贫弱的国家，跳舞为人所鄙视……她由濒于灭亡的传统，推陈出新，仅这一点就难能可贵，是值得庆贺的。对于民族性，崔承喜感触很深，一定是这样的……”

“民族?”

“所谓民族性，对我们来说就是日本舞蹈，品子没有必要想得那么远……日本舞蹈的传统太丰富了，太强烈了，正因为这样，要想做出新的尝试，那是很困难的，也很容易走回头路。但是，日本是世界舞蹈之国，不是指芭蕾舞，只要看看日本自古以来的舞蹈……的确，日本人天生就具有舞蹈的才能。”

“不过，比起日本舞，芭蕾正相反。芭蕾同

日本的精神和肉体完全背道而驰。日本舞的动作向内集中，体态含蓄；西洋舞蹈向外扩展，舞姿开放。舞蹈的情绪也不尽相同。”

“但是，品子从小就学习芭蕾，身子受到训练；身高五尺三寸，体重四十五公斤，是一名很理想的芭蕾舞演员，这是品子的优点。”

品子本该在新桥和波子分别，到大泉芭蕾舞团研究所上班的，可是今天她一直乘车到了东京站，陪妈妈一块儿去排练场。

“友子不在了吧？”

“会来的，看她的为人，肯定会来的。即使从这里辞掉，也要来郑重打打招呼的……”

“真的吗？……昨天不是来告别了吗？友子晚上没有睡好，而且我们知道她的事之后，再来见妈妈，会很难为情的呀。”

“她不会一声不响就走的。”

波子坚信不疑。

品子陪伴妈妈来这里，是因为她担心，要是今天友子不来，妈妈会感到难过的。

走到地下室排练场，听到了《彼得鲁什卡》乐曲。

“是友子！”

"啾，看！"

友子身穿排练服，但没有跳舞。她倚着把杆，在听唱片。

排练场打扫得很干净。

"老师，早上好！"

友子很不好意思地停住了放唱片，瞥了一眼墙上的镜子。

"《彼得鲁什卡》？"

品子说着，重新开始放同一面唱片。第一场是狂欢节欢快的乐曲。

波子在镜子里和友子对望着。

"友子，还没吃早饭吧？你没有回去，直接到这儿来了，是吗？"

"是的。"

友子因为疲倦，眼睑变成双眼皮儿，目光炯炯。

"友子在这儿，我去研究所啦。"

品子对母亲说，她走到友子跟前，把手搭在友子的肩膀上。

"我和妈妈谈到你会不会来，才过来看看的。"

品子从节日喧闹的音乐里和友子温热的身体上，似乎获得了什么，她感到心满意足。友子的身体很温暖，看样子，她刚才一直在跳个不停。

"在电车里，我们还谈到了民族性来着。"

《彼得鲁什卡》也含有俄罗斯民族的节奏和音色。

专供佳吉列夫俄罗斯芭蕾舞团演出的这出由斯特拉文斯基作曲的芭蕾舞剧，初次公演时，是由福金编导，瓦斯拉夫·尼金斯基扮演那个可怜的小丑。所以，今天早晨，矢木一听到《彼得鲁什卡》，就说是“尼金斯基的悲剧”。

《彼得鲁什卡》初次公演是一九一一年，明治四十四年，尼金斯基二十岁左右。他在罗马跳，又到巴黎跳，掀起了一股强劲的旋风。

《彼得鲁什卡》初次公演的一九一一年，尼金斯基离开俄国，直到一九五〇年死去，一直未能回归故国。

一九一四年，大正三年，尼金斯基因怀恋故国，在巴黎筹集了旅费，买好了火车票。岂知那正逢八月一日，世界大战爆发的一天。

他离别战后纷乱的巴黎，途经奥地利，被当作敌探逮捕。他的精神受到伤害，嘴里时常狂言乱语，不住叨咕着什么“俄罗斯”“战争”之类的词。

好容易获得释放之后，他去美国，在第一场公演的《玫瑰花精》的舞台上，尼金斯基一出场，全体观众一起站起来欢迎他。人们投去的玫瑰花，堆满了舞台。

然而，面对美国观众的一片热情，尼金斯基沉浸在忧郁之中，他诅咒战争，倡导和平，与和平人士以及托尔斯泰主义者来往密切。

俄国革命爆发。一九一七年岁末，尼金斯基终于变成了一个白痴，从舞台上消失了。那时，他才二十八岁。

发狂后的尼金斯基在瑞士疗养，一天，他想做一次即兴表演。他把人召集在小剧场里，用黑布和白布在舞台地板上搭了一座十字架，自己站在顶端，表演耶稣受磔的情景。随后说：

“这回，我将让各位看看战争，看看战争的不幸、破坏和死亡……”

一九〇九年，佳吉列夫俄罗斯芭蕾舞团在巴黎初次公演时，尼金斯基作为一名男性的芭蕾舞明星，其舞蹈天才立即获得世界的赞扬，不久就处于半狂半演的境况之中。他的艺术生活十分短暂。

一九二七年，是昭和二年，品子出生前两三年。佳吉列夫俄罗斯芭蕾舞团在巴黎公演《彼得鲁什卡》，曾经把完全狂痴的尼金斯基领到舞台上。当时之所以这样做，是考虑到十五六年前初次公演的时候，尼金斯基跳的是彼得鲁什卡这个角色，眼下能不能通过这个契机唤回他失去的记忆，使之恢复成正常的人呢？

所有的演员都出现在舞台上，初次公演时，他的搭档、芭蕾舞女演员塔玛拉·卡萨维娜，和过去一样扮成偶人舞女，她走近尼金斯基，亲吻了他。尼金斯基羞涩地盯着卡萨维娜。卡萨维娜亲昵地叫了一声尼金斯基的爱称，然而，尼金斯基却转过头去没有理睬。

卡萨维娜挽着尼金斯基的膀子拍了照，尼金斯基带着一副魂不守舍的神情。

品子不知在哪里也看到过当时这张滑稽的照片。

佳吉列夫将可怜的尼金斯基领到包厢里去了。当扮演彼得鲁什卡的谢尔盖·利法尔[1]出现在舞台上的时候，尼金斯基便问是谁，嘴里嘀咕道：

“那小子能跳好吗？”

跳《彼得鲁什卡》这个角色的谢尔盖·利法尔，被称为尼金斯基的化身，是没有尼金斯基之

---

1 谢尔盖·利法尔（Serge Lifar，1905—1986）：出生于基辅的法国芭蕾舞艺术家，早年受到尼金斯基姐姐栽培，后又在芭蕾舞艺术大师指导下，系统学习芭蕾艺术。一生参演过《猫》《颂歌》《铁蹄》等众多剧目。

后的首席男性芭蕾舞演员。尼金斯基看到他就嘀咕“能跳好吗”，这是因为过去的他，曾凭借精彩的跳跃振动了世界，成为人们永恒的话题。

然而，这位发狂的天才的话语，听起来悲凉也罢，真诚也罢，只可听听而已。恐怕尼金斯基本人也不知道舞台上演出的正是自己年轻时演过的人气角色吧？从前伙伴们的友情，也许只是在玩弄尼金斯基这具活僵尸吧？

尼金斯基光辉的一生，他的悲伤和苦恼的结果，如今就像冬天冰封的湖泊，凿开坚冰，深入湖底，已经什么也寻觅不到了。

“‘品子没有想到尼金斯基的悲剧吧’，爸爸早晨对妈妈说过这样的话呢……”

品子对友子说。

看到友子闷声不响，波子回答说：

“矢木害怕战争和革命，所以他想起了尼金斯基。”

“尼金斯基在战争期间，也到世界各国跳舞，他即便发狂，也是属于世界的。他能到瑞士、法国、英国等地辗转疗养，不像爸爸和我们那样，不论发生什么事，也不论会变得怎么样，立即被追赶到日本纸窗帘之内，二者完全不同啊！”

“因为我们不是世界的天才……也不会发疯。”

友子说。

“那么，友子昨天晚上的话有点儿奇怪啊，听了你的话，品子的头脑也有点儿不正常啦。”

“品子，友子的事由妈妈和她商量……”

“是吗？……友子要是可以听妈妈的话就好啦……”

品子也不看友子一眼，她在收拾唱片。

“啊，我来吧。”友子连忙跑过来。

品子用肩膀蹭了她一下：

“拜托啦，请留在妈妈身边吧。明年春天，举行妈妈学生们的汇报演出，到那时我们俩一起跳《佛手》舞吧。”

“春天？几月里？”

“究竟是几月，还没考虑好，会尽早一些的。对吧？妈妈。”

波子点点头。

“要迟到的，品子你走吧。”

品子出了地下室之后，一直低头朝前走着，来到东京车站附近，她站了一会儿，抬头仰望这座施工中的钢骨混凝土建筑。

爱的力量

进入十二月之后，接连都是好天气。

舞蹈家们秋季的汇报演出也大体上结束了，这个月只剩下吾妻德穗和藤间万三哉夫妇的《长崎踏绘》、江口隆哉和宫操子夫妇[1]的《普罗米修斯之火》等节目了。

吾妻德穗和宫操子，年龄都和波子相仿。

波子自年轻的时候，也就是十五年二十年之前，就一直关注他们的舞蹈。吾妻德穗是日本舞，宫操子是所谓的“新舞蹈”，和波子们的古典芭蕾不同，但是长年以来他们夫妇持之以恒，这使波子很受感动。

波子和他们这些人共同经历了日本舞蹈的时

---

1 江口隆哉（1900—1977）、宫操子（1907—2009），舞蹈家，一九三一年两人一同进入德国威格曼舞蹈学校学习。一九三三年回国后，建立舞蹈团，为日本舞蹈界带来欧洲舞蹈新风。代表作有《都会》《创造》（二战前），以及《普罗米修斯之火》（二战后）等。

代变迁。

江口和妻子宫前往德国留学前的告别演出和回国以后的首次公演，波子都曾经观看过，给她留下新鲜的印象。那是昭和十年前的事。

当时出现了许多五花八门的舞蹈家，他们高叫“舞蹈的时代到来了”，到处举行公演，舞蹈晚会的观众，远比音乐会的观众要多。

西班牙舞蹈家阿亨蒂纳和黛莱西娜，法国的萨卡罗夫夫妇，德国的库洛茨贝尔格，美国的路斯·佩姬等舞蹈家相继来日表演，也是这个时期。

波子听闻佳吉列夫俄罗斯芭蕾舞团一开始就以编舞而闻名的米哈伊尔·福金想要来日本，也是那个时候。据说福金还想为宝冢和松竹的少女歌剧团设计芭蕾舞动作。

西洋舞蹈家虽然来日，但没有一个跳古典芭蕾舞的，波子期待着福金的到来，然而最后只是传闻而已。

波子虽然坚持芭蕾风格的舞蹈，但一次也未观看过真正的芭蕾。她一直不清楚，自己在古典芭蕾的基本动作掌握上，正确度如何，是否牢固。

摸索、怀疑、绝望，随着年龄不断加深。

战后，芭蕾舞也在日本流行起来。今天，日本人也大演《天鹅湖》《彼得鲁什卡》等俄罗斯芭蕾的代表剧目了。可是，波子依然感到怯懦。

她让女儿学习芭蕾，自己教授芭蕾舞，有时显得无精打采，心不在焉。

排练场上没有了友子，更使波子失去了教授芭蕾的自信，过去因为有友子为自己献身，或许一直支撑着她的信念。

波子感到疲倦，稍微有点儿感冒，排练场临时关闭了四五天。

“妈妈，我去日本桥排练一个时期吧。”品子担心母亲，“在友子回来之前.我还是帮妈妈一下，不行吗?”

“她不会回来的，不过，她倒是说过要回到我这儿，也许总有一天会回来的……”

“我想见见友子的那个对象，可友子不告诉我那人的姓名和地址，怎样才能打听到呢?”品子说着，波子有气无力地应道：

“是这样?”

“要么去问问友子的母亲，这样总不太好吧?”

“不好。”

波子漫不经心地应着，一面思忖，岁末和年关会和过去一样，友子的母亲总要来拜年的，到那时说什么好呢?

友子的母亲很早死了丈夫，靠着四五间房子的租金把友子培养成人。战争时期，房子烧毁了，友子来波子的排练场做帮手，母亲到附近一家商店上班。波子因为不能养活她们母女两个，一直是她的心事，想着总有一天要做到，哪知正思虑着，友子就早早离开了。

这期间，不光是友子的事，波子也感到沉闷、寂寞。

她甚至想卖掉宝石，放弃厢房，帮助友子。然而，友子了解波子的生活情景，也不打算过分依赖波子，于是一口回绝了。波子一筹莫展，她与友子性格的差异、生活的不同，令她碰了壁。

“品子不要轻易去见友子的母亲，说不定她妈妈一无所知呢。”波子说。

“还有，日本桥的排练，即使没有友子，也还能坚持，不必担心。品子还是暂时不要考虑教育别人的事。”

波子害怕自己心中的暗影也传给了品子。

波子停止排练休息期间，东京丝绸店两名老板和京都丝绸店的一名老板，来到她家里，谈到他们三人被盗的事。

东京一位丝绸店老板说，他在混杂的电车上被人割毁提包，丢失一大笔钱。另一位老板把行李放在网架上，被人拿走了。

京都丝绸店老板说，他乘国铁[1]去大阪途中，放在膝盖上的东西遭抢。发车正要关车门时，刹那间一人一把攫走，飞身下车了。

“周围的人大叫一声，被盗者本人惊呆了，都没有吭气。”

店老板站起来，愤恨不平地一边说一边比画：

“他就这样，一只脚踏在车门口，做出正要跳车的姿态。”

波子将此当作年关奇闻讲给矢木听。

“嗯。他们不约而同地都跑到你这里来，是又有什么适合你的货来了吧。”

“该不是出于不明不白的同情，你又买了他们的东西了吧？”

经矢木这么一说，波子立即沉默不语了。

她在京都丝绸商店老板那里给自己买了一件羽织褂，接着心里想着到东京两位那里买点什么，结果没有买，感到有点儿过意不去。

波子看到一件结城染织的十字花飞蚊花纹的衣服，本来打算为丈夫买一件的，要是以往，她

1 国铁：日本国有铁道的略称，为一九四九年设立的公共企业。一九八七年，实行民营化改革，通称JR。

哪怕手头有点儿拮据，也会让丈夫穿上身的。想到这里，波子再一次感到内疚。

十字花飞蚊扎染，始终留在波子眼前，她本想告诉他这件事，结果一开口就被矢木戗了回来。

“快过年了，谁还会带着大钱不怕挤电车出门呢?”

“就算您这么说……”

“既然坐在车门口关门时遭抢的很多，就不要坐在那里好了。”

矢木心闲气定地数落着，波子倒是坐不住了。

“看起来不是很可怜吗？我们家也受到他们不少照顾……帮我们买了不少老式衣服。”

“为了做生意嘛。”

“他们也不全是为了做生意，我们家是老主顾，不论是对品子还是我，总是很热情地为我们挑选适合我们穿的料子。战前收藏的进货中，有些也是丝绸店很喜欢的，他们都卖给了我们这些熟悉的人。好可怜的……”

“好可怜的?”矢木反问道，“什么可怜？……你的声音快发颤了吧?”

要是平常，波子不会当回事的，但这回却有了反应。

三位丝绸商战前各自都有相当规模的店铺，

京都的老板疏散到福井，遇到地震，战后五六年了，直到现在都没有店铺。过年时，三家老板都遭了偷，三个人哭丧着脸一起来找波子。

波子遭到矢木的嘲弄，但只要托付前来日本桥或自己家里学习舞蹈的姑娘们，为老板们推销十反[1]二十反绸料，还是可以做到的。她想到这里，即刻准备一番，前往东京了。

在排练场上，只有学生们像平素一样在练基本功。两个面熟的老生代替波子和友子，离开队列，负责指导。

“哎呀，老师！您已经好些了吗?”

“脸色不好啊。”

学生们齐聚而来，围住了波子。大家都扶住她，让她坐到椅子上去。

“谢谢啦，我休息了一阵，对不起。我看起来身体很弱，但是还没到卧床不起的地步。”

波子说着抬起脸，很想看看周围的少女们。不料，她忽然急剧地咳嗽，眼泪都流下来了。

一位少女掏出手帕为她擦眼泪。

“好啦,你们继续练功吧。我稍微休息会儿……”

波子说着走进小屋。她眼瞅着桌子上的电话，于是就给竹原挂了电话。

---

1 反：日本布匹单位，一反相当于成人的一件衣料。

竹原来到排练场，看到波子独自一人坐在火炉旁的椅子上，一只胳膊搭在把杆上，脸孔趴在上面。

“谢谢你给我打电话。电话里的声音听起来和平时不一样，本想即刻赶来的，但有笔小型照相机的生意要谈，客人在，是搞出口的。”

竹原一站到波子面前，就摘下帽子，将帽檐插进把杆与墙壁之间的空隙里。

品子仰起脸来，泪眼汪汪地仰望着竹原，额头上印着袖口的衣痕，眉毛也有些紊乱了。

“对不起。”波子顺口说着，“有点儿感冒，这之前连排练都停止了。”

“是吗，看样子还很疲倦。”

“发生了很多令人烦心的事。”

竹原站立着，俯视着波子，他突然转过视线。

“走进这座屋子，就闻到煤气臭，该不是中毒了吧？”

“一旦开始排练，就热了起来，已经把煤气熄灭了……”

波子转向镜子。

“啊，脸色青白……”

波子用指尖儿触摸着眉毛，仿佛羞于被人窥

到睡起的容颜。几乎没搽一点儿口红。

竹原向那里看了看，问道："壁镜还没有装上吗?"

"嗯。"

打从拥有这座排练场起，波子就想在一面墙壁上安装壁镜，但目前只是将西服店的两块穿衣镜合起来罢了。

"可能不只是镜子啊。"

波子微笑了，她从镜子里看到自己憔悴的面孔，一直记挂在心里。

头发四五天来都没有好好梳理，只是随便用梳子向上拢了一下。

波子以这副姿容会见竹原，感到心情坦荡，她对竹原更加涌起怀念的亲情。

"今天本来打算仍在家里休息，但转念一想，还是出来了。"

竹原点点头，坐到椅子上。

"接你的电话，听声音不知道发生了什么事，但没想到波子夫人一个人待在这里，我就进来了。瞧你那神色，似乎有什么心事呢。"

"心事……"

波子顿时答不出话来，只见眼眉间漫上一丝愁云。

“也想起一件无聊的小事。还记得在护城河看到的那条银色鲤鱼吗?”

“鲤鱼?”

“嗯，日比谷交叉路口附近，护城河一角有条银色鲤鱼，当时我看到后，还受到你的斥责，不是吗?”

“是的。”

“后来我问起品子，她说那里有鲤鱼又有什么奇怪呢?”

“当时你不是跟我说过吗，护城河的角落里有条小鲤鱼，谁都不会在意就走过去了，只有我看到了，这是因我的性格决定的。”

“我是这么说的。鲤鱼和波子夫人各自孤独一身、同病相怜啊。当时你一直盯着护城河看，我在后面真想猛推你一把哩。”

“你还斥责我，叫我把这种性格丢掉。”

“我看着看着，心里很难过。”

“不过，即便谁也没看到，鲤鱼照旧在那里生活。当时我就是这么想的，所以后来也对品子说了这事。”

“你告诉她和我一起看到的吗?”

波子微微摇摇头:

“品子说，那里正是鲤鱼汇聚的地方，到了晚上就剩下一条了……她还说，带孩子到日比谷公园游玩的人，回家时将饭盒里剩下的面包屑、米饭渣都投给了鲤鱼……那里是鲤鱼集中的地方，就算有一条也不奇怪。”

“是吗？”

竹原答道，眼神一派反问的样子。

“我问品子，她说你的斥责很正确。我觉得自己很没有出息，那时候，看到一条小小的鲤鱼，选择一个寂寞的角落，孤零零地生活着，不由得联想起自己。”

“可不是嘛。”竹原很理解，“这种事，你有很多。”

“我也是这么想，我对这些不为人重视的小鲤鱼都很在意，为它感到哀伤……虽说同你走在一起，我却看到了鲤鱼，立即感到一阵惆怅……”

波子说罢，眼里倏忽闪耀着光辉，低下了头。

波子眼睑微赤，两腮也涨红了。

“对不起。”

波子似乎想平复一下紧张的心情，她才这么说。

竹原凝视着波子。

“你不能不注意到这些银色鲤鱼之类的东西，对吗？”

波子眨巴一下眼睛，稍稍倾斜着左肩。在竹原眼里，那只肩膀似乎变得又沉重又坚固。

竹原站起身子，离开波子两三步远，接着又靠近过来。

波子将右手搭在自己的左肩上，眼睛一闭，几乎向前倾倒下去。

“波子夫人!”

竹原从旁用力扶着波子，然后转到她身后，打算把她抱住。

竹原将自己的右手叠在波子的右手上，温存地握在一起。波子的右手在竹原的掌心里，手指一旦失去力气，就离开了肩膀。竹原浑身感受着那冷艳与滑嫩。

竹原弓下身来。

“太晚啦!”

波子说罢，转过脸去。

“太晚啦？……”

竹原重复着波子的低语，然后高声叫道：

“不晚!”

然而，竹原如此否定她之后，“太晚啦”这句话才开始在他心里蔓延开来。

竹原的身子纹丝不动，似乎泛起犹豫。

波子的头发触及着竹原的下巴，露出耳垂，稍稍偏斜的颈项，闪现着雪白的肌肤。

今天没有佩戴耳坠。

波子患感冒了，没有入浴。临出门时比平时搽了好多香水。这种卡朗黑水仙的气息，微微飘溢着熏烤的枯草般头发的焦味。

竹原刚刚将右臂叠放在波子的右臂上。由于波子将手从左肩上耷拉下来，很自然地成为一个拥抱的姿势，竹原顺势轻柔地抱住波子的前胸。他感受到波子剧烈的心跳。明明没有碰触那里，却能感受到那心跳。

“波子夫人，不晚。”

波子微微摇摇头，将脸转过来正对着竹原。

竹原用前胸支撑着波子，将嘴唇贴近波子的眼帘。先前，竹原也是想首先接触波子的眼帘的。

波子闭上眼睛，她的上眼睑似乎会说话了，较之嘴唇那言语更加温暖和悲戚。

然而，竹原靠近之前，她那满眼眶的泪水早已打湿了睫毛，湿漉漉的眼睫毛，加上那双眼皮的线条，愈加楚楚动人。

波子眨一下眼睛，泪水从眼角里涌流下来。

竹原将嘴唇凑近流下的泪水。

“不行呀，好可怕啊。”

波子晃动肩膀说道：

“可怕呀，有人看着哪。”

“看着？”

竹原抬起眼睛，波子也抬起眼睛。

对面的采光窗户可以看到行人的腿脚。

那是比道路稍微高起的细长的窗户，只显露出来行人的小腿，看不到膝盖和鞋袜。

地下室光线明亮晃眼，脚步杂沓的大街笼上了暮色。

“可怕啊！”

波子晃动着身子想直立起来，竹原突然放松臂膀，波子似乎站不住脚，朝前打了个趔趄。

“放开我……”

波子说着，依旧向前走了。

竹原眼望着波子离去。不过，他仿佛仍然拥抱着波子。

“从这儿出去吧。”

“是的，等一下……”

波子一看到镜子，自我感到害怕起来，随即走开了。

当天夜里，波子回到家里不到九点钟，比品子要早。她想品子在编舞，可能会晚些回家。波子在品子前头回到家中，这似乎使她很安心，更方便找理由。

她打开丈夫房间的隔扇，手指搭在凹穴里，一边用力，一边招呼道：

“我回来了。”

“回来了？好迟啊。”

矢木说着从书桌上转过头来：

“外出一趟，没出什么事吧？”

“没有。”

“那就好。”

矢木摇一摇锡制茶叶盒给她看：

“这里是空的了。”

波子来到餐厅，想从铁罐里取出玉露茶叶装进小小茶叶盒里，谁知手却不听使唤，茶叶撒在榻榻米上了。

然而，当她拿着玉露茶走去时，矢木已经在写作，他没有看波子。

“今晚要写到很迟的时候吗？”

波子本来打算默然不响地关上隔扇，但还是打了声招呼。

“不，天气很冷，想早些睡觉。”

波子回到餐厅，将散落的玉露茶叶捡起来，放进火钵烧了。

青烟消弭之后，香味依然留存。

波子本想在房间里轻轻走动一下，但还是悄悄抑制住了。

她原来想一到家，就去排练场弹钢琴，这也没有得以实现。

波子乘电车回家的路上，听到贝多芬的《春天奏鸣曲》。这首曲子有着她和竹原那遥远的往昔的回忆，通过音乐，时而变成遥远的梦幻，时而变成眼前的现实。

“一旦品子回来就危险了。”

波子嘀咕起来。

为了不让品子看破遮掩不住的快乐，她只好躲进被窝。因为有点儿感冒，即使早点就寝，矢木和品子也不会觉得奇怪。

波子走出日本桥排练场，遵照竹原的邀请，走进西银座大阪饭馆。但她一直记挂着回家的时间，可波子在新桥车站和竹原分别后，满心的情思反而犹如决堤的河水，她只好任其汹涌澎湃，奔腾不息。

而且，波子回到丈夫身边之后，比起站在竹原身边，反而更加不怕丈夫了。

她一边理床，一边很想呼喊一声：“啊！”

在护城河畔，在日本桥排练场，她和竹原在

一起，一种恐怖的发作宛若闪电猝然划过心头，实际上，这不就是爱情的发作吗?

波子放下褥子坐在上面。

“怎么会有这等事呢?”

她即便强行打消此种想法，静静躺在被窝里，依旧对那道闪电惶恐不安。波子合掌祈祷。

波子正想逐一回忆《大日经疏》的合掌十二礼法，这时矢木进来了。

两手的手掌和手指严丝合缝贴合在一起，谓之坚实心合掌；两掌之间稍留空隙，谓之虚心合掌；两掌隆起呈花蕾状，谓之未开莲合掌；两手拇指和小指结合，其余三指相离，谓之初割莲合掌，其他还有五指相扣的金刚合掌，或称归命合掌……至此，有合掌模样的合掌，既易于记忆，又不会忘记。

但是，剩下的七种作法，例如掌心向上，手指屈曲呈掬水状——持水合掌；手背相合，手指相扣——反叉合掌；两手仅拇指相接，掌心向下——覆手合掌等，这些与合掌相去甚远的所谓合掌，波子都不确定，就算可以做出来，也想不起名字。

她想试着想起来，从开头反复做了两三次，正做到归命合掌。

"怎么？……睡下了？"

矢木拉开隔扇，透过薄暗窥视着波子的睡姿。

波子一惊，依旧保持双手合掌缩回胸前。

归命合掌是死人的合掌。有时是一副身体紧缩、惶恐竦惧的姿势，有时是请求恕罪的姿势，有时又是悲惋乞怜的姿势。

波子用力扣紧组合的手指，重重压在胸脯上。

波子以为矢木发现了她和竹原的事，前来谴责她了。

"外出一趟，很累吧？"

矢木将手按在波子的额头上。

"哪里，不发热。"

他说着，将自己的额头伸过去。

"我的倒是很热。"

波子仿佛躲避着矢木，自己抬起胸前的手按在额头上，她惊叫一声：

"唉呀，不行啊，我没有洗澡……六天都……"

不过，波子抑制住了浑身的颤抖。

她打算隐蔽心中的失望。

由此，波子每当遇到绝望，总是断然从不贞的恐惧以及罪愆的思绪中挣脱出来，求得了解放。

波子流泪了。

不久，餐厅里传来丈夫的声音。

“喝不喝点热柠檬汁?”

“我想喝。”

“要放糖吗?”

“多放些……”

波子想起回家时问丈夫“今晚要写到很迟的时候吗”，会不会以为是在引诱他呢？波子紧咬朱唇，陷入沉思。

波子喝着热柠檬汁时，听到了品子回来的脚步声。

“妈妈呢?”

品子一走进餐厅就问。

矢木有意使得波子也能听到，他说：

“去了东京一趟，太累，睡下了。”

“唉呀，妈妈去东京了?”

品子似乎要到波子的房间去，矢木制止了她。

“品子。”

女儿似乎坐到了父亲面前。

矢木打算说些什么呢？波子侧耳细听，她左右翻来覆去，用手拢了拢纷乱的头发。

父亲喊住女儿，或是为了让她多一点儿整理装扮的时间，或是为了让品子不进入卧室？波子想到这里，慌乱的手指忽然不动了。

“爸爸喝的是热柠檬汁吗?”

父亲沉默不语中，品子问道。

“是啊。”

“我也想喝。”

波子听到向杯子里倒开水，搅动汤勺的响声。

矢木似乎看着品子的动作。

“品子。”

他又叫了一声。

“我看了高男的日记，他说一个哥哥一个妹妹，这个世界再没有这么亲的人了。”

事情来得突然，品子正望着父亲吧?

“这是尼采写给妹妹信中的话语。”矢木接着说，“品子，你怎么想呢?你和高男不是一个哥哥一个妹妹，而是一个姐姐一个弟弟，同尼采正相反。高男以为这句话很好，写到日记里了。尽管上下相反，但一男一女，两个同胞姐弟……这个世界再没有这么亲的人了。说得真好!”

“这话说得是好。”

“这是高男的愿望，所以，你也可以把尼采的话给我抄在什么地方。”

“好的。”

波子听到了品子诚实的回答。

不过，品子又像是想起了什么，说:

“爸爸，您是一个哥哥一个妹妹吧？”

品子似乎漫不经心地发问，波子却不由得心头一惊。

矢木和他的妹妹形同路人后，如今已经断绝了来往。

矢木的妹妹本来依靠波子娘家的协助，从女子高等师范学校毕业后，和矢木的母亲一样，做了一名女教师。随着年龄的增长，她同哥哥夫妇逐渐疏远起来了。其原因是来自矢木，还是妹妹，或者是波子呢？恐怕不出这一范围。也或许是自然而然的结果。不过，波子同这位小姑子确实合不来，因为她们的生活和性格都不一样。波子一见到这个妹妹，随即感到这位传承着婆母和丈夫血统的女子，是个同自己完全不同的另一世界的人。

品子提起这位姑姑，矢木作何回答呢？波子等待着。

“说起来，已经很久没同姑姑见面了，过年时总要给她寄张画片贺年片吧。”

然而，品子对于父亲淡然的态度没有在意。

“爸爸，今天早晨您提到过尼金斯基吧？谈到过尼金斯基、尼采这些发狂的天才了吧？……尼金斯基小时候，上头的男孩子死后，也只剩下他们一兄一妹了。”

今晚，高男也回家很迟，矢木跟品子提到高男的事，波子听起来似乎是对自己说的。

矢木莫非早已识破波子私会竹原，眼下绕着圈子敲打一下作为人母的波子？一姊一弟，一父一母，这个世界再没有比这更亲的人了……

品子也觉得父亲话里有话，但她提起那位姑姑，又说到尼采是疯子，也漠视了波子。尽管品子没有嘲讽的想法，但波子背地里听起来，也猛然一惊，心情落寞了。

“妈妈！”

品子呼喊。

波子没有回答。

“睡着了。”品子对父亲说，“妈妈也喝热柠檬汁了吗？”

“啊，真可厌！”波子不由打了个寒噤，“这孩子怎么回事？”

波子感到，隐藏于女人内心的那种可厌的、肮脏的小算计小心思，如今正在品子心中发酵。

“妈妈也喝热柠檬汁了吗？”

这只是作为亲切的关照，品子随便说说罢了。

波子深深叹了口气，可厌的不正是自己吗？

脑子里只残留着自己可恶的姿影。她感到被自己的丑恶所触碰，才引起空前的憎恶的大发作。

波子仿佛感到，自己的丑态——那种原封不动的丑恶女人的姿态正横躺着。

莫非心中有愧，回家时才对丈夫发出诱请；还是惧怕罪责，不知何时自动沉溺于波涛之中呢？那番负罪的想法，对于丈夫，对于情人，是双重的。然而，正因为如此，又似乎添加了双重喜悦。而且，抑或由此又对丈夫、对情人，多了一层奇特的罪恶之感。

无论是厌恶、悔恨还是绝望，她都想巧妙地隐藏起来。波子即日起彻底换了一副崭新的躯体。

这是为什么？难道是因为没有拒绝竹原吗？

竹原发现波子的恐惧，未能同她接吻，但波子并非出于恐惧而拒绝竹原。

那种恐惧的发作，其实不就是情爱的爆发吗？犹如电光一闪，当她铺好被褥时，或许正是波子的命运之祚吧。

那一闪即逝的电光，似乎照亮了波子的本来面目。

波子抑或以为，恐怖的假面同时欺骗了竹原和自己吧？

吾妻德穗、藤间万三哉的舞剧——夫妇联袂演出的《长崎踏绘》，在帝国剧场公演四天，最后一天波子去看了。

五点开演，波子两点钟自北镰仓车站乘车，路过银座贵金属商店卖了戒指。这枚戒指本打算送给友子的。

将戒指变成金钱，从中拿多少送给友子呢？波子一边走路，一边犯起犹豫。

“当时要是友子收下，也不至于这样了。”

在这之前，友子曾受波子的差使去过贵金属商店，恐怕是在同一家店铺，卖掉过一枚戒指。

距那时没过几天，波子再次为自己来卖戒指。要是把钱带回去，分给友子的部分又要减少了。

她打算委派信使把钱直接送到友子家里。波子折回新桥车站。

她当着信使们的面，数着一千日元一张的现钞，忽然“哎呀”惊叫一声，波子转过头去。她以为是竹原的手触摸着自己的肩膀。

然而一看，是别的顾客的行李碰了一下波子的肩膀。那里站着一个青年，根本不像竹原，带着一件细长的行李。

“对不起。”

“不客气。”

波子脸红了。心里很热。

一万日元，再数一遍，然后裹在手帕里，手帕外面写上友子的住址。

“啊？包在手帕里送去吗?”事务员惊讶地问，“还是装在纸袋里吧，这里有。”

“请给我一个。”

波子先前迟疑着，猛然想到的就是手帕，甚至不觉得这种做法很离奇。

然而，一旦离开这个使她羞愧的地方，波子不由得咯咯咯笑起来了。

波子刚刚一边思忖着送给友子的金额，一边走来时，街边服装店橱窗里的男服尽入眼帘，波子不由想到有没有适合竹原穿的衣服。仿佛唯有适合于竹原的服饰，才会在街上耀目生辉，主动等待着波子，召唤她来挑选。此外，波子的头脑里，立即浮现出身穿新衣的竹原的姿影。

好歹办完友子的事之后，店内的男装更加灿烂夺目，一件件闯入她的眼帘。当她看到橱窗里的男式围巾，宛若伸手触摸着围着新围巾的竹原的脖子。波子被商店吸引住了，最后买下了那条围巾。

“啊，真开心！不过，这件东西仿佛是友子代我买的呢。是你留下的临别赠品吗？……”

波子嘀咕着，又买了一条毛织领带。

她经过同竹原一道散步的护城河畔，前往帝国剧场。波子来得太早了。

登上二楼一看，休息室的木柱和墙壁上悬挂着林武[1]和武者小路实笃[2]的绘画。波子想，到底是怎么回事呢？原来开设了一家名曰“花与和平之会”的小卖部，可以看到诗人和作家题写的色纸[3]，绘画也是属于这个会的。

波子坐在舒适的椅子上，眺望着林武的彩色粉笔画《舞女》。

“波子夫人！”有人拍拍她的肩膀，“看得好专心啊。”

手到话到，波子心想，这回肯定是竹原了。然而，她还是猛然一惊。

“好久未见了。”沼田换了一副口气。

“久违啦……”

“在这美好的地方，又看到了您。”

沼田说着，落座之前，他转头瞧了瞧那幅《舞女》。

---

1 林武（1896—1975）：西洋画家。日本国学家林瓮臣之子。二十世纪中叶，曾任东京艺术大学教授。

2 武者小路实笃（1885—1976）：小说家、剧作家、画家。

3 色纸：可写诗作画的一尺见方的硬纸板。

“真是一幅好画啊，手持团扇……”他说着，随之走近画面。

波子琢磨着，要是直到回家前一直被他纠缠，那可怎么办呢?

沼田的身子沉重地坐在了她的身旁，波子的身体也向沙发的凹处倾斜过去，她悄悄离开了。

“上个月，我见到矢木先生了……”

“是吗?”波子不知道。

“我接到先生从京都写来的信，他叫我到幸田屋旅馆去一趟。我去了，心想，会是什么事呢?跑去一看，什么事也没有。我原以为，肯定是关系到夫人您的事吧。结果先生一心想从我这里打听点什么，竹原先生的，或是香山君的事……”

沼田看着波子的脸色。

“我一一巧加应对过去了。我们还谈论了波子夫人的青春年华……”

波子以浅浅的微笑企图掩饰过去，而双颊却染上了红晕。

“今天见到您，使我吓一跳。您真的宛若鲜花怒放，妖艳无比啊!”

“请别说啦……”

“不，看起来真的像盛开的花朵!”沼田一再重复着，“我还劝说矢木先生，尽早让夫人重返舞台，再现辉煌……”

“别开玩笑啦，我正考虑要关闭排练场呢……”

“为什么?”

“没有自信。”

“自信？……夫人，您知道吗？在东京，芭蕾舞讲习所有六百多家。六百……”

“六百?”

波子心头一惊，似乎很气馁。

“啊，太可怕了。”

“据好事者调查，大阪有四百家……”

“大阪有四百家？……真的吗？简直不敢相信。”

“加上地方上的城镇街道，那数字一定很惊人。”

“似乎有人说过，芭蕾舞不是义务教育，这话我很同意。的确，眼下是芭蕾舞狂热的时代，就像流行性感冒一样，女孩子们都染上了舞蹈病。最近，一位舞蹈家从税务署那边听说，目前最能赚钱的当数新兴宗教和芭蕾舞。”

“居然这样……”

“不过，我认为，这种芭蕾舞热不可等闲视之。古典芭蕾不合乎日本人的生活和体格，基础动作暧昧含糊，那些编排，基本上都是马马虎虎、糊弄人的，竟然还举办公演，受到了公众非议。但是，全国各地，无数女孩子都在蹦蹦跳跳、转来转去的，倒是很可怕。不过，爱而愈众，英才愈多。垃圾不堆积成山，就不会引人注意。半吊子教师多多益善，半路掉队者多多益善。大凡流行过热的事，尽皆如此。我很乐观，日本的芭蕾舞很有希望，我的工作也一样。”

沼田乘兴继续说下去：

“东京的芭蕾舞讲习所，即便由六百家变为一千家也不值得惊奇。一家家等而下之，波子夫人的排练场自然就会水涨船高！”

“您可真会说话呀。”

“一句话，眼下不是沉沦气馁的时候，波子夫人也要靠芭蕾舞谋生。”

“谋生？”

“是啊，必须强化商业色彩，要当作职业。我这么说也许有些失礼，不过眼下这个时代，有多少学习芭蕾舞的女子，都将此当作职业，都想成为这方面的专家啊。”

“可不是吗，所以我觉得很可怕。”

“不这样不行啊。不能只是作为令爱的业余爱好嘛……夫人当红的年代，我多方受到照顾，此次作为报恩，我也应该极尽全力给以襄助。先举办一次波子夫人的公演晚会吧，新春伊始，夫人可以率先搞起一个芭蕾舞热潮嘛。矢木先生那里，我以为不是问题，我可以和他商量。我正在鼓动您这件事，我已经先去跟先生说明了。”

“矢木他怎么说?”

“他说，四十岁女子即使能跳，时间也很短暂，最多到下一场战争为止。唉，二十多年来，一直靠夫人养活，时间并不算短啊。怎么说呢，他总是……说什么我的怀表啊，过去不曾差过一分。他把老婆逼疯了，还提什么表不表的。”

“我疯了吗?”

“疯了。不过，还不像吝啬的矢木先生那么疯……夫人，您恋爱吧，用恋爱来重新上紧发条。”

沼田睁大眼睛凝视着波子。

“该是时候了，当下是个离婚的好时机，如果像他说的一样，能跳舞的时间很短的话……今天倒是像鲜花盛开，娇艳无比……”

“您怎么了?”

“我想问您一下，夫人，昨晚上您和竹原先生到银座散步去了吧？有人看到了。”

波子不由一惊，难道被沼田看到了?

“我和他商量一下排练场的事。”

“有事尽管商量好了。您要是想背叛矢木先

生，我一定站在您一边。就说排练场吧，位于日本桥中心，又靠近东京站，只要夫人经营有方，一定能获得惊人的发展。让我帮您一把吧。”

“嗯……比这更要紧的是我身边的友子，你知道的吧？要是可能，请给她求个赚钱的职业吧。这事拜托你了。”

“那孩子是不错，但独自一人还不行，最好同品子小姐组成一对，怎么样？”

“品子已经有归属了，她是大泉芭蕾舞团的成员。”

“让我考虑一下。”

开幕的铃声响了。

沼田的身子沉重地从波子身后站立起来。

“夫人，崔成喜的女儿据说战死了，您听说过没有？”

“啊，那孩子……”

波子不由想起那位穿着友禅织的长袖和服，身材修长，十岁光景的少女。有一次在芭蕾舞晚会的走廊上偶然相遇。那姑娘肩头高耸的衣褶又浮现在她眼里。当时她化着淡妆吧？……

“那孩子挺可爱，可不，对了，正像品子一般年纪。她似乎是劳动党的女战士吧？……参加歌舞团，到前线慰问演出？”

波子一边说，脑子里一味想着那个身穿友禅织和服的女孩子。

“听说崔承喜一时逃往满洲。她是朝鲜北方国会议员，开办舞蹈学校。”

“是吗？最近我和品子还谈起过她呢。她的女儿真的是战死的吗？”

波子就座后，那位少女的姿影也没有消泯，与波子自己心中的狂涛融为一体。

沼田一如既往的腔调，有些过了度，波子正听得生疑，他突然就提到看到自己和竹原走在一起，这也没办法。不过，今天晚上还要同竹原在这里相会，怎样才能躲过沼田的眼睛呢？波子为此大伤脑筋。

波子明明知道竹原晚来，但她反而显得更加不安，时而环视观众席，时而注视剧场门口。

正像沼田所言，他无疑站在波子一边。而沼田作为她的经纪人，与其说沼田利用她，还是波子使唤沼田多一些。此外，沼田长期以来，耐着性子缠着波子，很想钻她空子，就连女儿品子，他都想当作工具使用。他看到波子固守不变，决不放松，沼田便等着做波子的第二号情人。换句话说，他巴望波子同另外的男人恋爱破局之后，自己取而代之。

波子对沼田既毫无拘束，也不掉以轻心。

这二三年，波子尽量躲着沼田，自然沼田也疏远着她。一旦见面，沼田肯定要说矢木的坏话，波子的一颗心离矢木越远，沼田的行为就越使得波子感到反感。

《长崎踏绘》，长田干彦作，是五幕七场新作舞剧，故事说的是：殉教变成悲恋，悲恋变成殉教。

作曲大仓喜七郎（听松），大和乐团演奏。用的是西洋乐器，但似乎依然是日本风格的音乐。这出戏剧既有清元曲[1]，也有圣歌合唱。

诹访神社的秋祭是第一景。作为神社的祭祀日，或许是为了强化已经遭到禁止的切支丹教的色彩，同时凸显社寺祭祀中的舞蹈场景。

"看过《彼得鲁什卡》中的节日之后，日本的节日就显得太冷清了。"休息的时候，沼田说道，"日本的物哀，亦如此也。"

因为沼田缠住她不放，波子决定下次幕间休息不到走廊上去。

昨天，她送给竹原一张入场票，因为座席远离，使得波子反而过多地担起心来。

---

1 清元曲：江户净琉璃之一派，一八一四年由清元延寿太夫根据富本曲创作，曲调轻快洒脱。

一直等到临近闭幕的第六景之前，竹原好容易才来。他站立门边，用眼睛寻找下面的座席。

“这儿。”波子呼唤般地站起来，走了上去。

“啊，我来晚啦。”

“我还以为你不来了呢。”

波子蓦地抓住竹原的手，当她意识到又放开时，波子的手里握着竹原的一只手套，她是帮他脱了手套吗？

“佩卡利[1]……”

波子拿起来看了看，塞进竹原的口袋。

“什么佩卡利？”

“西貒皮。”

“我不知道啊。”

“沼田君来了。他说昨晚上他在银座看到了我们……”

“是吗？”

“回头出去时，我不想被他发现啊。”

波子顺着台阶向自己的座席走去。

“哎呀，脚有些不对劲了，刚才等你的时候，膝盖以上太用力气了。”她说罢，放松肩头离开了。

一开幕就是行刑的场面。

---

1 原文peccary，即西貒（tuān），较之野猪形体更小的灰色野兽。

殉教者们的身子被残酷地拖走。一个名叫清之助的手艺人，也遭遇了磔刑。他的恋人阿市夜间潜入刑场，一边仰望十字架上逝去的恋人美丽的容颜，一边跳舞。

吾妻德穗的舞蹈看得波子泪流满面。竹原来了，她可以专心致志看跳舞了。她所受到的感动是真率的、生鲜的、无穷无尽的，像是为自己而感动。

但是，舞蹈将要结束时，波子却蓦然站立起来，去招呼竹原一同离开。竹原也望着波子，应她邀约来到身旁。

“下一场就是《踏绘》，我们还是逃走吧？”

“你想逃离？”

“不是因为害怕，我已经不再说害怕了。”

竹原以为波子只是为了躲避沼田的目光而企图退场，波子却说她不再害怕了。波子话音的深处所蕴含的娇媚深情，使他惊叹不已。

“你难得来一次，只看了一场。”波子的心态显得很乐观，“我也好像只看了一场呢。吾妻女士的舞蹈里，定有一种魔力啊。当我神思恍惚突然醒来之时，她正在舞台上跳舞。衣饰华美，两件服装，一件胭脂红的天鹅绒底子上绣着银波；

一件鹅黄的天鹅绒底子上绘着花草纹络。”

接着，波子打开手里的纸包给竹原看。

“我想，这条围巾也许很适合你，所以就买下了。”

“送我的？”

“要是不合适就糟了。”

“很合适啊，两个人长期相处，互相在心中留下鲜明的印象，肯定合适的。”

“啊，太好啦！”

不过，波子似乎心怀歉意地谈到友子。说是卖了戒指，把钱寄给了友子，还买了这条围巾。

波子打从结婚前，就同竹原时而亲近，时而疏远，二十多年了。找竹原商量对策这类事，并非自现在始。

波子犹豫了一阵子，这才说出矢木秘密存款的事。

“关于这件事嘛，”竹原陷入沉思，“看来不是很可怜吗？”

“你是说矢木吗？”

“不过，或许不只‘可怜’那么简单。”

他俩避开日比谷电车线路，走在晦暗的道路上，这时迈入星剧场前明亮的灯光里。波子无意中一回头，看到高男站在那里。

高男凝望着母亲。

“妈妈！”

高男抢先喊了一声，从星剧场售票处走下来。

“啊，你怎么啦？”

波子停住脚。

儿子说他是和朋友一起来买戏票的。

“刚来吗？”波子简短问了一句。

“是的，和松坂君一起来的……我想给妈妈介绍一下松坂……”

高男说罢，也跟竹原打了招呼。他那诚恳的样子，使得波子稍稍放心了。

“这是松坂君，近来我们成了最亲密的朋友。”

波子一见到站在高男身边的松坂，仿佛梦中遇到妖精一般，留下了深刻的印象。

“找个地方休息一下吧。你们也一道来吧，怎么样？”

竹原说道，他既没有面对波子，也没有面对高男。

他们走向银座，随后进入附近的温莎尔旅馆。

在进门处，竹原寄存了帽子，波子在身后悄悄掏出围巾的纸包说道：

“回去时把这个也带上吧……”

山那边

品子带领研究所新来的四位少女，前往银座吉野屋。

十三四岁的女学生来自同一个班级，四个人又一起成为入门弟子，这是很罕见的事。她们四人都梦想做芭蕾舞舞女。

她们立即想买舞鞋，品子解释说，不会马上练习脚尖站立，但对于少女们来说，脚穿舞鞋毕竟是她们通往理想的不可缺少的一步。

品子只好带她们去鞋店。

走进吉野屋商店，少女们都为自己前来买舞鞋感到自豪，而对于选购普通鞋子的一般女顾客瞧不上眼。

同来的男友代为挑选鞋子的女子们，各自一副娇媚动人的表情。而独自前来购买、不知道买什么式样的女子，有的显得极为认真，有的涨红了脸孔。品子站在远处，眺望着这个奇妙的世界。

品子说，她之后要顺路去一趟母亲的排练场，然后到帝国剧场观看《普罗米修斯之火》。少女们吵闹着也要跟她一道去这两个地方。

“我们都想尽快在排练场穿上舞鞋跳起来呢，可以吗？”

说罢，少女们随之在银座大街翘起穿着普通鞋袜的脚后跟站立起来。

“不行啊，大泉研究所的人，在别的排练场是不准穿着舞鞋跳舞的。”

“品子小姐的母亲，不是外人。”

“因为是母亲，更不行了。她看了或许会批评我的。”

“只看一下排练场，行吗？很想看看呢。”

“参观也不行的……刚进入大泉研究所，就要看别的地方……”

“那么，送您到门口都不行吗？”

如果带她们去看《普罗米修斯之火》，到深夜才能结束，品子为劝说姑娘们回家，说明江口舞蹈团的舞蹈技巧和古典芭蕾不同。一个少女却说：

“可以参考呀。”

“参考？……”

品子咯咯笑起来。

然而，少女们的希望与好奇心，卷裹着品子一起来到波子的排练场。

跟随品子一起来的少女们，带着认真的目光，望着结束排练离开地下室回家的少女们。她们都是脚穿舞鞋的同类，不是一般女子。

品子同少女们告别后下楼来到排练场。

波子在小房间里，同五六位学员一块儿换衣服。

品子在这里等待着，顺便走到小桌旁边放上唱片。这是贝多芬的《春天奏鸣曲》。

品子也清楚地知道，这支曲子蕴含着母亲对竹原的一片回忆。

"让你久等了。"波子走来，她一边对着镜子整理头发，一边问，"品子，你见过高男的那位名叫松坂的朋友吗?"

"我听高男说起过这位朋友，虽然没见过，但听说长得很帅是吧?"

"是很帅，不过那种帅，却是一种不可思议的妖艳的美……"波子坠入幻想之中，"昨晚，高男向我介绍了他，在从帝国剧场回来的路上。"

波子自是明白，她去看《长崎踏绘》女儿也知道；她同竹原在一起又被儿子撞见，反正早晚也会为人所知。想到这里，自己干脆说出来算了。

“我很惊讶，怎么会有这样的人呢？既不像地上的人，也不像天上的人。同日本人不一样，也没有西洋人的做派。脸色浅黑，并非深黑。也不是麦黄色，怎么说呢？那皮肤上，总有一层微妙的光亮。既像个女孩子，又有点儿男子气……”

“是妖是佛？”

品子轻声地问，满心疑虑地看看母亲。

“或许是妖吧。高男交上那样的朋友，我连这个儿子都觉得怪里怪气的。”

波子从松坂身上获取了不祥的天使的印象。这是确定无疑的。

她同竹原正在散步的时候，高男突然出现，波子立即收住脚步，眼前一片黯淡。黑暗之中，松坂犹如一束奇异的光柱，独自站立。他给波子留下了如此的印象。

波子被沼田发现，接着又被高男发现，她的前进的脚步被封锁。当她感到似乎运数已尽时，不巧又遇到了松坂。

走进温莎尔旅馆，波子一边喝红茶，一边仍似看非看地盯着松坂。似乎她同竹原的关系由此即将结束，甚至面临破裂。波子正逢心情抑郁之时，同她毫无干系的松坂正在眼前，似妖精般美艳无比，波子以为，或许这是命运的某种暗示。

高男和朋友在一起，没有什么奇怪，抑或松坂的美艳，对她发挥了奇妙的作用。

里头的座席，同大厅交接之处，挂着一道薄纱的帷幔，松坂的面孔浮泛在帷幔的浅蓝之中。透过帷幔，大厅看过去一派朦胧。波子只得告别竹原，同儿子一起回家。

直到今天，松坂的印象依旧如影随形留在她的心目中。

“高男什么时候同他交上朋友的呢？”

“就是最近吧？一下子就热络起来了。”品子回答，“妈妈，接着继续放后面的吗？”

“算了，咱们走吧。”

《春天奏鸣曲》放到了第一枚唱片的反面，是第一乐章快板的结束部分。

“什么时候带到这里来的？”品子一边收拾唱片，一边问。

“今天。”

波子想，今天见不到竹原。

波子连续两天去了帝国剧场。

今晚是江口隆哉、宫操子公演第一场。应邀出席的有舞蹈家、舞蹈评论家、音乐记者，以及其他接受招待的客人，其中或许会有不少波子的熟人。波子接受昨晚的教训，没有再邀请竹原。

还有，因为今天是品子约请波子的。母亲昨晚同竹原在一起，品子也从高男那里听说了。但她着实没有想到，妈妈今晚还想见竹原。

波子本来想给竹原挂个电话，她等待着学生散去之后再说。不料品子来了，终于未能给竹原挂电话。

打从被同情父亲的高男撞见，自昨晚到今朝，矢木并未说什么，也没发生什么事。不过，波子就连这些也想告诉竹原，使他知道。而且只有听到竹原的声音，她心里才会觉得踏实。

电话没有打，波子一时难过起来。

“不知怎的，最近不愿意观看什么舞蹈演出。”

“为什么呢?”

“或许不愿见到那些老熟人吧？……对方不知如何跟你打招呼，你也不知道如何应对才好。彼此很尴尬。时代变了，已经没有我的位置了吧。看到老熟人，他们经常会对你摆出一副相忘已久的样子。”

“哪儿会呢，是妈妈自己多虑了吧?”

“是的呢，战争期间，被人丢弃不管，这是确实的事，也许是自作自受吧。战前的人战后感到厌世，这在社会上并非罕见。心灵上或许变得纤弱了……”

“妈妈心性一点儿也不弱啊。”

“是吗，有人规劝过我，自己这样，也会使孩子们变得唯唯诺诺。”

那时候，竹原曾在皇居的护城河边告诫过她。波子正朝那里走去。

钻过从京桥通向马场先门的电车线和国铁线交叉桥门洞，高渺的街道树早已落光了叶子，皇居的森林里升起了细细的夕月。

波子心里闪烁着青春的火焰，她随口说了相反的话：

“到底还是非上台表演不行啊，宫操子她们确实了不起。”

“宫操子的《苹果之歌》……还有《爱与scrum》（scrum，争夺）……”品子举出舞蹈节目的名字。

《苹果之歌》，伴有诗朗诵，唤起棒棒女郎[1]翩翩起舞。《爱与scrum》则为退伍兵士的群舞，他们穿着褪色的汗迹斑斑的军服，或是白衬衫、黑裤子，女人们则穿一件连衣裙跳舞。

古典芭蕾没有这类节目。战后生活的诸相，被生动地编入了舞蹈之中。品子记得以前看过这

1 棒棒女郎：二战后专为在日美国占领军提供性服务的街娼。

样的舞蹈。

“战前过来的人，跳得好的，不光是宫操子，妈妈也会跳啊。”

“下次跳跳看。”

波子也回应了一声。

六时开幕，提前二十分钟到达。波子为了避开人眼，坐在座席上一动不动。今晚的座席依然在二楼。

品子提起四个女学生。

“是吗？四个人相约？”波子微笑着说，“不过，你在这个年龄，已经在舞台上崭露头角了。”

“嗯。”

“最近，有个四五岁的女孩子要到我这儿来学舞蹈，说想做芭蕾舞演员……这不是她自己的意愿，而是她母亲想这样。日本舞有从四五岁开始学习的，西洋舞里也不是没有，不过我拒绝了。我劝她至少上过小学再来……但我并不想嘲笑她的母亲，因为你生下来后，我就想叫你学习跳舞。也不是孩子的意志……”

“是孩子的意志，我从四五岁时，就想跳舞了。”

“因为母亲在跳，同时又时常领着如此幼小的孩子观看演出……”波子在膝前抬起手比画着，

“我牵着你的小手，带着你……”

其实，那些乐器的神童，也都是父母一手培养起来的。尤其是日本艺术，有家族、流派、袭名以及父母传子女的很多旧习，子女被命运的绳索捆住了手脚。

波子有时也会从这个角度思考女儿和自己的情况。

“打这么小就开始……”这回是品子将自己的手举到前边，“我就想像妈妈那样跳舞。和妈妈一起站上舞台的那一天，我真的太高兴了！已经是多少年前的事了啊……妈妈，继续跳舞吧。”

“是啊，趁着妈妈还能跳，在舞台上为品子当个配角吧。”

昨天，沼田也希望波子举办一次春季公演活动。

不过，其费用如何筹划？波子如今什么依靠也没有。竹原的姿影留在她心中，波子害怕这两件事会结合到一起去。

“女学生来了吗？我去找找看。我说技巧不一样，叫她们回去，但她们又说，可以做参考嘛……真是令我惊讶啊。”

品子站起身离开了，开幕的铃声响起时回来了。

“也许回去了，也许在三楼座席……”

前边是几种短小的舞蹈，《普罗米修斯之火》

属于第三部分。

菊冈久利编舞，伊福部昭作曲，东宝交响乐团演奏。

以希腊神话故事的普罗米修斯为依托，共四场舞剧，从序曲群舞开始，就不同于古典芭蕾，立即把品子吸引住了。

“哎呀，裙子是连在一起的！”品子惊讶地说。

十个女子，跳起序曲舞。演员的裙子连在一起，几个女子钻进一枚大裙子底下联翩起舞。青春的波涛，汹涌澎湃，时而扩展，时而相聚。暗色的裙裾，看上去就是象征性的前奏。

接着是第一场，不知火为何物的人们黑暗的群舞。第二场是普罗米修斯手持干枯的芦苇，盗取太阳的火焰之舞。第三场，人们接过火炬，跳起欢乐的群舞。

普罗米修斯盗取天火，持往人间。终场第四场是这位盗火者被捆绑在高加索峰顶的岩石上。

第三场天火之舞，是这出舞剧的高潮，达于顶点。

昏暗的舞台正面，普罗米修斯圣火熊熊燃烧。火把从人们手中一一传递下去。获取圣火的人们，不久挤满了舞台，跳起了欢快的火之舞。五六十位舞女，男子也加入其中，各自手持燃烧的圣火，狂跳不止。赤红的火焰，照亮了整个舞台。

波子和品子母女二人，也感到胸中燃起了舞台的圣火。

演员的服装素朴，在薄暗的舞台上，通过光裸的手臂和腿脚，展现了生动而鲜明的表演。

这出神话舞剧，火焰意味着什么？普罗米修斯意味着什么？

终场之后，品子回忆着留在脑海里的舞蹈动作，如此思考起来。她觉得其中包含着各种意思。

“有了人间圣火之舞，此后下一场，便是普罗米修斯被缚于高山悬崖的岩石之上了，对吧？”品子对母亲说道，“他将被大黑鹫啄食肌肉和心肝……”

“是的，四场舞剧，结构紧凑，场景转换，清晰自然，给人留下很深印象。”

母女二人缓缓走出剧场。

四个女学生等待着品子。

“哎呀，你们来啦？”品子望着四位少女，“我去找你们了，没找到，以为你们回去了……”

“我们坐在三楼。”

“是吗？有意思吗？”

“有意思，是吧？”一个少女，问起同来的另一位少女。

“不过，我有些胆战心惊，有些地方挺怕人的。”

“是吗？快点回去吧。”

但是，少女们还是跟随品子身后。

“舞蹈家也会坐在第三层吗？”

“舞蹈家？谁啊？……叫什么？”

“似乎叫香山是吧？”

那位少女又看向同来的另一位少女，问道。

“香山先生……”

品子停住脚步。

“你是怎么知道是他的？”

品子转头盯着少女。

“我们身边的人闲谈时，提到香山也来了……所以我就想那位可能是香山……”

“是吗？”

品子立即面色和悦地问道：

“那位提起香山来了的人长得什么样？”

“说话的人吗？……那位人士，我没有仔细看，是一位四十光景的男士。”

“那位叫香山的人，你也看到了？”

“嗯，看到了。”

“是吗？”

品子心中顿时淤塞了。

“那些身边的人，见到那位香山，都在议论纷纷。我们也只是往那边看了一眼。”

“他们说些什么来着？”

“那位叫香山的，是个舞蹈家吧？”少女们探询地看看品子，“他们都谈论着香山的舞蹈，说不知道他如今到底怎么样了，还说他停止跳舞太可惜了……”

十三四岁的女学生们，不知道香山是谁也是自然。战后，香山不跳舞了，香山被埋没了。

那位香山坐在帝国剧场三楼，似乎难以置信。品子问母亲波子：

“真的是香山先生吗？”

“也许是的。”

“香山先生是来看《普罗米修斯之火》的吗？”品子问道。她在问妈妈，更是在问自己。声音低沉了。

“他在三楼……是不想被人看见吧？”

“或许是的。”

“即便悄悄躲藏起来，似乎也想观赏舞蹈，香山先生的心情莫非起了变化？……他是特意从伊豆赶来的吧？”

“哎呀，这个嘛。也许到东京办事，顺便到

这里来。可能是偶尔在哪里看到《普罗米修斯之火》的海报，就过来看看的吧？”

“‘顺便过来看看’，他不是那样的人。香山先生来看舞蹈，一定有他的想法。肯定是这样的。说不定我们的演出，他也悄悄来看了呢……”

波子以为，女儿展开想象的翅膀在天空翱翔。

“香山先生很热心地观看了舞蹈，是吗？”品子问少女。

“不知道。”

“什么样的打扮？”

“一身西服？……没看清楚啊。”少女和身边另一位少女相互对望了一下。

“他呀，到东京来也没有告诉我们一声，怎么会是这样的呢……”品子悲戚地说，“我们坐在二楼，香山先生上了三楼，我竟然没有想到。这到底是怎么回事啊？”

品子突然靠近母亲的眼前，说：

“妈妈，香山先生肯定还在东京站，我去找找看，好吗？”

“是吗？”波子安慰女儿说，“香山先生要是悄悄躲着而来，就让他一直躲着不好吗？他不愿意被人发现啊。”

然而，品子有些性急起来。

“香山先生放弃了舞蹈，为何还要前来观看舞蹈呢？我只想问问他这个问题。”

“那么，你快点去吧？不知道他还在不在车站……”

“好的，我先去看看，妈妈随后来就行……”

品子说罢，一边加快脚步，一边对四个女孩子说：

“你们快回去吧。”

波子朝着女儿离去的背影喊道：

“品子，在车站等着我……”

“好的，在横须贺线站台。”

品子一阵小跑，回头看看，已经远远离开了母亲的身影，于是撒腿奔跑起来。

品子越是心急，她越坚信香山肯定在东京车站候车，而且觉得稍晚一点儿他就会离开那里。

她气喘吁吁，心潮起伏，犹如随波逐流，火焰飞升。

她看到，《普罗米修斯之火》舞台上，跳舞的人们手里高擎的火炬，如今就在自己心里燃烧。

火焰的对面，香山的面孔时隐时现。

薄暗道路两侧的古老的洋馆，几乎全被占领军使用，所幸这里很少有行人，便于品子继续奔跑。

“挥鞭转[1]，三十二次，三十二次……”

品子自言自语，借以分散痛苦。

《天鹅湖》第三幕，魔鬼的女儿伪装为白天鹅，单足直立，迅速旋转。旋转三十二次或三十二次以上，永保健美之丽姿，是芭蕾舞演员终生的骄傲。

品子还没有担当过《天鹅湖》的主角，但她经常练习挥鞭转，增加旋转次数。这“三十二次”，是她喘不过气时给自己加油打气的口号之一。

到达中央邮局前面，品子放慢了脚步。

她一边向四面八方瞭望，一边登上横须贺线路的月台，看到开往湘南的电车正在上客。

“肯定是这趟车，终于赶到啦！”

品子还没平静一下气喘，就一边走一边逐一窥探车窗。她心中同时记挂着已经看过的车厢，担心那些站着的人之中，会不会有香山。

还没有到车尾，已经吹响了发车的哨子。品子纵身跳上车。

“啊，妈妈……”

品子想起自己和妈妈约好来这里的。

“可以到大船见面。”

---

1 挥鞭转：法语 fouettéen tournant，芭蕾舞动作之一。以单腿足尖为轴心，另一侧迅速高抬直腿而旋转身子。

品子站在车厢的通道上，扫视着乘客。

品子想，香山肯定在这趟电车上，她打算角角落落仔细找一遍。

到达新桥站，车内越发拥挤了。

电车抵达横滨之前，品子对各个车厢都查看了一遍。

没有香山的影子。

“会不会是下一趟火车，还是电车？”

香山很久没来东京了，他也许去逛一逛银座大街了。

抵达横滨站，要不要换乘下一趟火车呢？她犯了犹豫。

不过，品子依旧感觉香山待在这趟电车里。只找了一遍或许漏掉了。直到在大船站下车时，品子还是这么想。

她在站台上一边走一边窥探车窗，列车开动了，她停下脚步望着。

随着车窗内的人一一迅速闪过，品子仿佛被这趟电车吸引住了。

这是驶往沼津的电车，香山在热海应换乘伊东线。假如品子也乘这趟电车，在热海站或伊东站突然站到香山面前……

品子老半天，目送着电车驶去。

电车消失了，黑夜的原野上似乎浮动着普罗米修斯的影像。

那被捆绑在高加索高山岩石上的普罗米修斯，被秃鹫啄食着肌肉和心肝，受尽风雪侵凌。一头白色母牛从山下走过。主神的妃子朱诺[1]因嫉妒，将美丽的少女伊娥变成那母牛的姿影。普罗米修斯对母牛伊娥说，向南走，再向遥远的西方走，走到尼罗河畔去吧。于是，母牛在那里恢复了美女原形，做了国王的妃子。在国王的一脉血统之下，勇士赫拉克勒斯诞生，为普罗米修斯砸断了铁索。

宫操子扮演母牛伊娥，她的舞蹈充溢着哭诉般的憧憬，沉浸于无限的、谜团重重的悲苦之中，也浮现于品子眼前。品子心里莫名地感到，自己就是伊娥，香山就是普罗米修斯。

品子换乘横须贺线，在北镰仓下车，等待母亲。

“哦，品子，你到哪儿去啦？”

波子看到女儿，随即放下心来。

“我乘了湘南电车。我急匆匆赶到东京站时，

1 朱诺：对应希腊神话中主神宙斯的妻子赫拉。此段提及的普罗米修斯、伊娥、赫拉克勒斯皆为希腊神话中的人物，唯“朱诺”作者使用了罗马神话的人物名。

看见湘南电车就要发车，我想香山先生肯定就在这趟车上，所以就上去了。”

“那么，香山先生呢?”

“他不在车上。”

出了车站，跨过线路，向圆觉寺方向走去。母女二人都沉默了。

看到那里樱花树的阴影印在小路上，波子说道：“你不在东京站，我还以为你同香山先生到哪里去了呢。”

“我要是在东京站碰到香山先生，肯定会在站台上等妈妈的。”

品子应道，听声音心情尚未平静下来。

今晚，两人分别在帝国剧场的二楼和三楼，这一事实令品子感到,香山猛然向自己逼近过来了。

她们回到家中，看到矢木在餐厅地炉边，同高男面对面谈话。

高男稍稍紧绷着表情说道：

“您回来了。”他抬头望望母亲，“今天我遇见松坂了，他托我向妈妈问好。”

“是吗?”

矢木不悦地沉默着。父子俩似乎在议论波子的传言。

波子心里一阵气闷。

“松坂说，妈妈很漂亮，使他很惊艳。”高男说道。

“我倒也是看他长得帅，很感惊奇呢。他是你怎样的一个朋友呢？”

“怎样的朋友？”

高男翻翻白眼珠，突然羞怯了。

“同松坂在一起，我感到很幸福。”

“是吗？那孩子使你感到很幸福？……不过，我见了，倒像见了一个小妖精……男孩子有个从少年转向青年的时期，有的快些，有的不太显眼，各有各的情况。不过，他的转变倒是不太寻常。”

“高男也处于转变期。”矢木从旁插了一句，“你要珍重他啊。”

“啊……”

波子看了看矢木。

“今晚上又是和竹原君在一起吗？”

“不，和品子……”

“哦，今晚和品子在一起？”

“是的，品子去排练场请我……”

“是吗？和品子在一起很好，不过你最近同高男在一起过没有呢？除了那时你同竹原君一道散步撞见高男之外……”

波子极力抑制住双肩的颤动。

“你不想同高男在一起吗?”

“哎呀……当着高男的面，怎么可以这么说话?”

“没关系。”矢木沉静地说，“自从高男生下来，已经二十年了。这段时间，要说亲人，不就是四口人吗? 我真想一家人相互爱护，一起过日子啊!”

“爸爸!”品子叫道，“如果爸爸珍重妈妈，大家也都会相互珍重的。”

“唔? ……估计品子是会这么说的。但是，品子不知道，你只是看到妈妈成了爸爸的牺牲品，其实并非如此。夫妇长年相守，谈不上一方成为另一方的牺牲品，一般都是一起垮台。”

“一起垮台?”

品子凝视着父亲。

“一时垮掉，就不能相互扶持，重新站起来吗?”高男插了一句。

“这个么……女人自己垮掉，却认为是丈夫打倒的。”

“于是，以为是被丈夫打倒的，就想去靠别人的手被扶起来。尽管是自己垮掉的。”

矢木翻来覆去说了好多遍，并且夹杂了“别人的手”这个词语。

“爸爸妈妈都没有倒。”

品子蹙起眉头说。

“是吗？那么说，你妈现在正摇摇欲坠吧。品子，你是一直偏袒妈妈的，不过，你认为妈妈同竹原君此种奇妙的关系，可以继续维持下去吗？”

“我认为可以。”

品子明确回答。

矢木安然地笑了。

“高男，你看呢？”

“我不想回答这个问题。”

“那倒是的。”

矢木点点头，高男敏锐地追问道：

“不过，妈妈的确动摇了，爸爸也应该看到了。家里的日子越来越痛苦，可爸爸却熟视无睹，这才是我最苦恼的事。”

矢木从高男那里转过脸，仰望着挂在波子头顶上方良宽书写的匾额“听雪”二字。

“但是，这其中也有历史。这二十年来的历史你不了解啊。”

“历史？”

“嗯，我不太想再提起。战前，我们家的生活很奢侈，不过，那是你妈，不是我。我从来都没有奢侈过。”

“但咱家的日子变得艰难，并非因为妈妈奢侈，而是战争造成的啊。”

“那当然，我不是指的这个，我是说，即使在家中生活奢侈的年月，独有我一人从心理上一直过着贫穷的日子。”

高男似乎受挫般地啊了一声。

“在这一点上，品子不用说了，就是高男，也是妈妈奢侈型的子女。三个富人养活一个穷人。”

“怎好这么说呢……”

高男语塞了。

“我不太明白，不知怎的，我感到我对爸爸的尊敬之情受到了损伤。”

“我做过你妈妈的家庭教师，你不知道那段历史。”

波子觉得矢木的话句句都很合乎事实。

然而，波子弄不明白，丈夫为何要提起这些旧事。听起来，仿佛要将郁积心底的憎恶一吐为快。

“你妈妈也许以为被我伤害了二十年。不过，果真如此吗？要是这样，那么品子和高男的出生不也成了坏事了吗？你们姐弟二人应该向妈妈道歉才是啊。”

波子感到冷彻心灵深处。

“您是说品子和高男都应该向妈妈道歉？说生下来真对不起？”

品子反问。

“是的，假如你妈妈后悔不该同我结婚……一味压抑下去不说，到头来其结果不就是如此吗？”

“只向妈妈道歉，不向爸爸道歉行吗？”

“品子！”

波子厉声喊道。然后对矢木说：

“对孩子们怎么能说这么无情的话呢？”

“我是打比方……”

“是这样啊。”高男插进来，“生下来之后，这样那样，如此等等，我们即使听了也无实感，就连爸爸也没有实感，只是说说罢了。”

“我只是打个比方。两个孩子也都过二十岁了，假若你们的妈妈依旧对我不满意，我只会对女人顽强的理想力倍感惊奇。”

波子被丈夫一语言中，一阵困惑起来。矢木进一步说道：

“论起竹原君，不就是个凡夫俗子吗？你对他的向往，不正因为他没同你结婚吗？他只是个幻想中的人物。”

矢木笑了。

“女人一旦胸间中箭，就无法拔除吗?”[1]

波子不明白他是何意。

“两个孩子都二十多岁了。”矢木重复地说，“从小姑娘长到二十岁，大体上就是一个女人的一生。你的一生只是毫无意义地在幻想中度过，事到如今也追悔莫及了。”

波子低下头来。

丈夫的真正意图在哪里呢？她实在猜度不出。矢木的语言尽管句句都合乎事实，但缺乏一贯性。

矢木谴责竹原，想通过平静的冷嘲调侃一下波子，也并非绝对没有。

不过，波子也由此看到了矢木的空虚与绝望。矢木如此崩溃般孤注一掷的言语，是从来没有过的。

波子不曾见到过矢木当着孩子们的面，如此暴露自己的耻辱。

矢木似乎要孩子们认识到，母亲受到伤害，父亲也会受到伤害；母亲倒了，父亲也会倒下。此种说话的方式，给予品子与高男怎样的震动呢?

“如果说全家四口应该相互体贴……”波子

1 此处似指希腊罗马神话中的爱神厄洛斯（丘比特），凡被他的金箭射中，便会产生爱情。

声音打战，说不下去了。

“品子，高男，你们仔细想一想，凭着你们妈妈的做法，用不多久，就会卖掉这个家，全家人光裸着身子。”矢木一吐为快。

“没关系的，妈妈，您可以尽早毁掉一切。”高男耸着肩膀说道。

这个家既没有大门，又没有围墙。小山团团环抱着庭院。山峦的缺口自然成了出入口。这里是山洼，冬天温暖，阳光普照。

入口左右，各有一幢小小的厢房，右首一幢，虽说过去是别墅看守人的住居，但也足见波子父亲对建筑事业的爱好。战后，有段时期为竹原所租住。眼下，高男住在这里。波子要卖的正是这一幢厢房。

左首厢房住着品子一人。

“姐姐，我可以到你那里去一下吗?”

高男离开堂屋时问道。

品子手里拿着盛满炭火的铁铲，燃烧的火苗在黑暗的庭院中，映射着外套的纽扣。

品子低着头向火钵续炭火，手在打战。

“姐姐，关于爸妈的事，你是怎么想的呢？如今，我既不感到惊讶，也不感到悲伤。我是男人嘛……我对家庭对国家都不抱幻想，即便没有父母之爱，也能独立生活下去。”

“我们有爱，既有母爱，也有父爱……”

“这种爱是有的，但如果父母之间有爱，汇成一股暖流，倾注在儿女身上，那该有多好。如此各自流动，我呀，既要理解父亲也要理解母亲，实在太累了。今天这个不安的世界，对于我们这种处于不安的年龄段的人来说，不在于父亲如何表白，而是随着父母一道生活了二十年，不知道父母夫妇不和的原因何在。如果要为出生而道歉，只能是对自己，对不安的时代。父母并不理解我们。如今，子女的不安，父母不可能为之抚平。”

高男一边滔滔不绝地说着，一边不停对着火苗吹气。

烟灰飞扬起来，品子抬起面孔。

“妈妈说像妖精的那个松坂，他见了妈妈一面，就问我：‘你妈妈在恋爱吧？’他还说，这是一场悲伤的爱，看到后给人一种乡愁的感觉。看到妈妈恋爱的身姿，就能感知爱的滋味……与其说他喜欢妈妈，毋宁说他喜欢妈妈的恋爱。松坂虽然属于虚无，却是一种妖艳的濡湿花朵般的虚无……也许我的身上也附上了松坂的魔力，并不感到妈妈的恋爱有什么不贞。妈妈是不是以为我在为爸爸做眼线，监视妈妈的行动，从而憎恨我呢?”

“谈不上什么憎恨……”

“是吗? 我确实在监视妈妈，我偏爱爸爸，尊敬爸爸，这是肯定无疑的。但我偏爱和尊敬的是受妈妈照顾的爸爸，被妈妈背叛的爸爸则令我深感幻灭。”

品子的心窝仿佛被人重击一拳，她看看高男。

“不谈这些了，姐姐，我或许要去夏威夷读大学，爸爸正在为我联系。他怕我留在日本会成为一个共产主义者。爸爸说，在决定之前瞒着母亲。”

“啊?”

“爸爸他也要去美国的大学教书，在进行各项准备。”

高男说，他自己去夏威夷，爸爸去美国，都还没有确定，但矢木瞒着妻子和女儿独自策划，却使品子感到惊讶。

“撇下我们母女而去? ……”她嘀咕着。

“姐姐也可以去法国或英国嘛，我想。把这个家，还有母亲的东西，通通卖掉……纵然维持现状，将来也会一无所有……”

“全家离散?”

“住在一个屋檐下，不也是各人有各人的想法；现在挤在同一条沉船上，每个人都在奋力挣扎……”

“照你刚才的意思，妈妈要一个人留在日本吗？”

“会吗？”高男的音调像父亲，“不过，妈妈或许也想获得解放。一生之中，即使很短暂，有那么一个时期完全只有自己一人，那将是什么心情？二十多年了，她一直在为我们爷儿三人服务，如今她在叫苦连天，不是吗？”

“啊呀，干吗这样冷言冷语的？”

“看来，爸爸以为把我留在日本很危险。就像过去的人一样，我等不会以国家为骄傲，为依靠。我觉得父亲的想法很新鲜，我很感兴趣。不是为了出世和学业要到外国去。而是要是待在国内，我就会堕落，被毁灭，处于危险之中，因而把我赶出日本。夏威夷本愿寺有父亲的朋友，他可以给我发邀请，我去那里工作，不再回日本。爸爸同我的意见一致。我将成为一个国际化的人。其中既有希望，又有绝望。父亲在给我打麻醉啊！”

“麻醉？”

“细想想，父亲把儿子丢到国外，作为父亲，心理上也有可怕的一面。”

品子看着高男修长的双手紧握拳头，在火钵

的边缘上磨来磨去。

“妈妈真傻。”高男撂下一句，“姐姐要想学好芭蕾，还是应该尽早走向世界。否则，一生渺茫，一事无成。再说，不管走到世界哪里，一年就是一年。近来我这么一想，就对这个家无所留恋了。”

高男说，父亲之所以要去美国或南美，是因为害怕发生下次战争。

“姐姐。一家四口，去了世界四个国家，各人过各人的日子，一旦想起日本这个家，还会泛起怎样的情爱来呢？我一旦寂寞起来，就会像这样胡思乱想。”

高男回到对面的厢房，品子随即变成一个人。她一边拭去脸上的白粉，一边把脸凑近镜子，窥视眼眸。

父亲和弟弟心底的洪流，总叫人觉得有些可怖。

然而，她闭上镜子中的眼睛，眼前出现被绑在山岩上的普罗米修斯的身影，她一心认为那就是香山。

当天夜里，波子拒绝了丈夫。

长年以来，她既没有明显拒绝过他，更没有主动要求过他。尽管有一阵子波子开始觉得这样有些奇怪，但她也只得承认这就是女人的做派，听其自然好了。不过，一旦拒绝，拒绝本身也就变得稀松平常，不过是顺势而为罢了。

蓦然间不知怎的，波子一跃而起，紧紧闭拢睡衣的领子，坐在那里。

矢木大吃一惊，以为波子的身体哪里疼痛难支，睁开眼睛看着。

“这里似乎插进个棍子。”波子从胸口到心窝，迅速抚摸一下，同时说，“请别碰我。”

对丈夫突然的拒绝，使得波子自己也甚为不解，面孔涨红了。她那抚摸胸膛的手势，简直就像小孩子。

看样子，她羞怯难当，团缩着身子。

矢木没有注意到波子惊恐不安的样子。

波子关掉枕畔的电灯，躺下了。矢木从背后温柔抚摸着妻子“插进棍棒”般的胸膛。

波子背脊的肌肉，冷然地震颤起来。

“这里吗?”矢木摁住紧绷的背筋。

“不用了。”

波子扭过胸膛，想避开，矢木用手硬是拉近她。

“波子，刚才我一个劲儿叨咕二十年二十年，意思是二十年来，除了眼前的女人，我再也没有抚摸过其他女人啊！我只被你这个女人吸引过。男人的一生，为了眼前的女人，有着奇妙的例外……”

“请您不要再说什么这个女人这个女人的了。”

“因为没有另外的女人，所以才说这个女人的。这个女人是不知道嫉妒的。”

“我知道。”

“你嫉妒过谁呢?”

眼下，她不好说嫉妒竹原的妻子。

“没有嫉妒的女子是不存在的，哪怕是看不见的事物，她也在嫉妒。”

她听见矢木的呼吸，捂住了耳朵，躲避着他呼出的臭气。

“如果连生下品子和高男都是我们夫妇的坏事，那我们……”

“我只是打个比方而已，不过高男之后，一直没生孩子,这是为什么呢?再生一个也很好嘛。想想看，自从你热衷于舞蹈之后，就没有孩子了，不是吗?基督教牧师说过，第一个创造舞蹈的人是魔鬼!舞蹈的行列就是魔鬼的行列……你一旦停止跳舞，今后也许还能再生一两个孩子。”

波子听了又是一阵毛骨悚然。

隔了二十年再生孩子，波子想也没想过。经矢木这么一说，听起来就是有意奚落她，令她难堪。

不过，这样的错误也不是不可能发生。波子感到一阵恐怖。

波子和竹原在一起，有时会突然陷于恐怖之中。她和矢木在一起，今夜依然受到恐怖的袭击。

看罢《长崎踏绘》之后，波子对竹原说：

“我已经不再说害怕了。”

波子之所以如此嘀咕，是她觉悟到，以往恐怖的发作，其实不正是爱情的发作吗？她向竹原诉说了内心激烈的变化。

然而，和矢木在一起感到的恐怖，她不认为是爱的发作，如果硬要同爱连在一起，那就是失去爱之后的恐怖，不是吗？或者说，于没有爱之处描绘爱，从而感到一种幻想泯灭之后的恐怖。

夫妇之间的厌恶，较之人和人之间的厌恶，更使人感到切肤般的深沉。波子对此也颇为熟知。

一旦变为憎恶，就是最丑恶的憎恶。

不知为何，波子回想起一些无聊的事。那是她同矢木婚后不久的事。

“小姐不会烧洗澡水吗？”矢木问，“盖上盖子可以节约煤炭。”

矢木拆毁一只啤酒箱，亲手做了一个盖子。

矢木亲切地教她随着水温的改变掌握好煤炭的火候。

波子入浴时，粗劣的盖子漂在热水上，她觉得很脏。

矢木为了制作浴池盖子，花了三四个小时。波子站在他身后，呆呆地瞧着。当时矢木的姿势，至今也还记得很清楚。

矢木坦白地说，在过去全家人奢侈的日子里，矢木独自一人心理上依旧过着贫穷的日子。此乃今夜矢木言谈之中，最使波子受到震动的话语。她听到后腿脚发软，仿佛被人推入黑暗的深渊。

二十多年来，他仰仗波子的财产养活自己，这似乎就是一种根深蒂固的憎恶和复仇。是矢木的母亲撮合矢木同波子结婚的。矢木硬是将母亲的计谋顽强地实现了。

矢木通过寻常的手法，温存地引诱波子，波子继续予以拒绝。

“您竟然说出那种话来，品子和高男怎么想呢，我很担心他们。我去看看就来。”

波子说着起床离开了。

她来到庭院里，仰望星空，波子觉得已经无处可去。

天空同后山交界处，白云飘飘，仿佛日本画中汹涌的波涛。

佛界与魔界

品子走入父亲的房间，矢木不在。一行颇为眼生的字幅挂在壁龛里。

入佛界易，入魔界难。

大概是这样读的。

靠近些，看见印章，是一休。

“一休和尚……”

品子稍感亲切。

“入佛界易，入魔界难。”

这回她读出声来了。

禅僧这句话的意思她不甚了了。但“入佛界易，入魔界难”似乎说反了。不过她看到这样的文字，又用自己的声音读出来，品子也觉得有些惊讶。

这句话似乎就停驻在这个无人的房间里。一休的大字，在壁龛里，用生动的眼神凝视一切。

看来，父亲刚才还在房间里，因此，屋子里反而保有温馨的寂寥。

品子静静坐在父亲的坐垫上，心情很不平静。

她用火筷子扒拉一下煤灰，随之迸发出小小的火星。这是备前[1]瓷的手炉。

书桌一角的笔筒旁边，竖立着一尊小小的地藏菩萨。

这尊地藏像，本是波子的，不知何时到了矢木的书桌上了。

这是高约七八寸的木雕像，是藤原时代的制作。黑乎乎的，显得很脏。浑圆的和尚头倒是佛头般的圆滑，一只手拄着高过身子的拐杖。这拐杖也是原有之物，直线线条，清晰明了。

就大小来说，这也是一尊可爱的地藏雕像，可品子看了一会儿，不由得害怕起来。

父亲今早也这样坐在桌前，时而看看地藏木雕，时而看看一休的题字吗？品子一边想着，一边又望着壁龛。

那个“佛”字倒是下笔严谨的楷书，到了“魔”字，则是纷乱的行书。品子似乎感受到一种魔幻，同样害怕起来。

---

1 备前：日本冈山县东南部古称。以无釉瓷为特色的“备前烧”，隆盛于桃山至江户时代中期。

“在京都买的吧?”

这不是家里原有的挂轴。

这是父亲在京都偶然发现的一休的题字，还是他喜欢一休的字特意寻购来的呢?

家里原有的挂轴收起来了，放在壁龛一侧。

品子站起身来走去看了看,是《久海断简》[1]。

波子的父亲早年在这个家里还放了四五幅《藤原和歌断简》。目前只剩下《久海断简》，其余都被波子卖了。《久海断简》据说是紫式部墨迹，矢木舍不得放手。

“入佛界易，入魔界难。”

品子离开父亲的房间，再一次自言自语。

这句话莫非同父亲的内心有着某种牵连吗?品子反复琢磨这句话的含义,但始终不能准确理解。

品子想同父亲谈谈母亲的事，在母亲去东京之前，她一直待在排练场，这阵子特来父亲房里看看。

难道一休的题字替父亲回答了什么吗?

---

1 《久海断简》：原文为“久海切”（kyuukaigire）。此处的“切”即“古书切”（古代书道的断片、断简），即收藏者久海（人名，不详）保有的古代书道《紫式部断简》。安土桃山时代，随着茶文化之兴盛，将古代书道挂轴语句切割、分离，悬于茶室，以增风雅，成为时尚。

大泉芭蕾舞团研究所有二百五十余名学生。

这里不同于学校，升学考试以及开学日期不定，学生随来随考。有的连续请假，还有的不来上课。学生始终有进有出，很难掌握准确的人数，但不少于二百五十人。而且，细算起来，有增无减。

大致可以这么看，除了大泉芭蕾舞团之外，大凡东京著名的芭蕾舞团，一般都有二三百名学生。

但是，如此众多的学生，并非经过严格的考试进来的。同其他艺术门类一样，都只是凭着想学芭蕾舞的愿望，轻而易举入学的。这些女孩子适合不适合学习芭蕾舞，将来有没有希望在舞台上崭露头角，入学时都没有进行深入的考查。

东京芭蕾舞教习所有六百家，较大的教习所假如有三百名学生，那么就可以考虑成立一座组织严密的舞蹈学校，选择素质优秀的学生，施行严格、正式的教育，但似乎未听说有这样的计划。

大泉研究所也一样，学生多为女生，都是放学回家途中来排练所的。

女生班一共五个组。下边是小学生儿童科。

女生班上面有两班学生年龄大些，技能也很熟练，再上面还有一个尖子班。

尖子班顾名思义，都是芭蕾舞优秀者，研究所大泉所长经常亲临指导，共同学习，是这家芭蕾舞团的中坚力量。只有十个人，女生八名，男生两名，品子也是其中之一。从年龄上说，品子最年轻。

尖子班的人都作为助理教员分别担任下边班级的辅导工作。

除了这些班级之外，另有专科组，这是上班族的班级，年龄各不相同，芭蕾舞团公演时，也会因受其工作的妨碍，不能登台演出。

品子每周三次接受尖子班课程，再加上作为助理教员的排练日，大体上每天都去研究所。

研究所位于芝公园后面，从新桥车站徒步而行，只需十分钟。

今天仍然心情沉重，她避开交通工具，独自茫然地走着，看见一位母亲领着一个像是小学五六年级的女孩子，站在研究所门口。

“请问，我想叫她参观一下，可以吗？”

“啊，请进。”品子回答后，随即看看那个少女。

或许是缠着要学习芭蕾，她母亲才陪她来的吧。品子打开门扉，让这对母女先进去。只听房里有人喊道：

“品子小姐来得正巧，我一直等着呢。”

呼喊品子的是野津，这里的首席男舞蹈演员。

野津是首席男舞者[1]，他以王子的角色出场，亦即作为扮演公主的女演员的搭档。他名副其实，形象俊美，细腰长肢，全身线条流畅，潇洒而浪漫。一副独具匠心的带有古典芭蕾风姿的白色戏装，非常合体，这在日本人里十分罕见。

然而排练时，他穿黑色衣服。

“今天太田小姐休息。品子小姐来了，我想请你弹钢琴。”野津说话，时时夹带女人的腔调，“可以吗？”

“行啊。”品子点点头，“弹钢琴，不管谁都可以啊。”

那位太田小姐，是专门来伴奏的，她是女钢琴家。

即便没有钢琴伴奏，也能通过教师的嘴和手打拍子，进行芭蕾舞基本动作练习，无伴奏的教习所也很多，而这里使用的是切凯蒂[2]的练习曲。有没有音乐伴奏，大不一样。排练时习惯于带有伴奏的学生，一旦没有伴奏，就变得手忙脚乱起来。

---

1 首席男舞者：法语danseur noble，有资格饰演王子的芭蕾舞者。

2 切凯蒂（Enrico Cecchetti，1850—1928）：意大利芭蕾舞教师。生于罗马。遍历欧洲各地，教授芭蕾舞。一九一八年，于伦敦开办芭蕾舞学校。晚年回米兰，作为芭蕾权威，主持拉斯卡拉剧团。

品子回头招呼前来参观的母女：

“请到这边来。”

她叫她们坐在门口一旁的长椅上，自己走向火炉边。

“品子小姐脸色很不好，怎么了呀?”野津小声问。

“是吗?”

品子站立不动。

“请你弹钢琴，你不高兴是吗?”

“不是。”

野津头发上扎着碎水珠花纹的蓝色绸带，没有打结子，扎得很巧妙。虽说只是为了防止头发散乱，但由此也可以看出野津很着意打扮。

“纵然有人能弹练习曲，不过……”

野津从火炉前的椅子上，半转过头仰望着品子，裹着蓝色绸带的前额，眉眼秀媚。

他是在赞扬品子的钢琴弹得好吧。

品子打小时候起就跟母亲学习弹钢琴了。

波子过去练习钢琴极为专注认真，到了如今这个年纪，甚至或许是做个钢琴教师更为轻松。她早在二十年前的年轻时代,就告别外行走向专业了。

多数舞曲品子也都会弹。因为切凯蒂的练习曲是用于教授芭蕾舞基本功的，自然容易一些。

另外，每天反复听闻，自己也每每弹奏，早已熟记在头脑里了。

品子弹琴时有点分心，野津走过来问：

“怎么啦？有点儿快了。和平常不一样。”

这个时间的排练，是女生班上面两班中的B班，称为高等科。在公演的舞台上，是跳群舞的角色。

从高等科的B班可以升到A班，跳得更好的人还可以被选拔进入品子的尖子班。

用芭蕾的术语来说，群舞中既有跳方阵舞[1]的，也有跳群舞领舞[2]的。群舞领舞，即指站在群舞的最前方跳舞。

然而，尖子班的舞者有时也会担任群舞领舞，而跳群舞领舞的人，有时可以被选拔担当独舞演员。

大泉芭蕾舞团二百五十余人中，可以登台公演的约有五十人左右。

论及高等科B班，都是训练有素、技艺娴熟的学生。他们对研究所的风格和教学方法也很熟悉。

况且，课程一开始抓住把杆的训练，都是一些学过动作的重复，可以平滑推进；因而，品子

1 方阵舞：法语quadrille，男女四对的方阵舞。

2 群舞领舞：法语coryphée，群舞的主角演员。

弹钢琴，也就像寻常一样，动动指头罢了。

而这遭到了野津的追究。

“对不起。”品子表示歉意，“你是说快了些，对吗？”

不大可能吧？品子当面冷不丁遭人指责，自觉有点儿下不来台。

“我只是有这种感觉罢了，听到有些放空弹奏，我便急躁起来……”

“哎呀，对不起。”

品子脸色涨红了，眼望着白色的琴键。

“没关系的。不过，品子小姐，你在想什么心事吧？”野津小声说，“就说跳舞吧，也是一样，时时感到沉重，跳着跳着，就感觉气闷起来。”

他这么一说，品子果真呼吸急促、心跳加快了。

仿佛是野津的汗臭，越发使得品子胸闷起来。

自打野津走近，直到品子回过神来，野津的汗臭就一直刺激着她。

两人共舞时，野津的汗臭还能忍受，眼下，似乎是这汗臭已经有些时日了。

野津经常洗换排练的舞衣，或许是冬季，他有些怠惰了吧。

“对不起，我会注意的。”

品子厌恶汗臭，她没好气地说。

“一会儿再聊……”野津一边离开，一边说，“好的，拜托啦。”

品子用心弹琴，像是配合着学生们的脚步，自己也一同翩翩起舞一般，调整好节奏。

练习离开了把杆。

正像音乐使用意大利语一样，芭蕾舞使用法兰西语。

学生们一个个奉命做无把杆（一种舞蹈动作）练习。野津的法语随着品子的琴音，越发流畅起来。品子则被野津的嗓音所吸引，继续弹了下去。

野津的声音蕴含着几分甜美，逐渐变得清澄高亢，此时，野津反复发出的一连串丽辞美语：“plié”（下蹲）、“pointe”（足尖直立）……对于品子来说，这些发音宛如在梦幻中阴柔地震响。

野津时而用手打着拍子，时而用嘴数着数目。

这一切听起来皆如梦中私语，品子感到学生的脚步声也越来越远了。

“不行！”她望着乐谱。

排练本来是一小时，因为野津很热情，延长二十分钟。

“谢谢，辛苦啦。”

野津走到钢琴边，擦擦额头。

新的汗臭强烈刺激着品子，鼻子如此易感，或许是心理上的疲劳所致吧？

"排练场接下来一小时空闲，我们稍微休息一会儿，之后一起练习一下好吗？"

野津对她说着，品子摇摇头。

"今天算了，我来弹钢琴。"

一小时之后，有女生班课程，接着还有上班族的课程。

品子回到火炉旁，参观的两个女学生，离开门口边的长椅走过来说：

"我们想要一份章程……"

"好的。"

品子拿出章程，再添上申请书交给她们。带领小学生来的母亲对品子说：

"也请给我一份吧。"

野津站在排练场的镜子前边，一个人进行无把杆跳跃练习。

他跳跃而起，在空中两足拍击，练习击腿跳[1]和击打跳[2]。野津的击打跳，动作优美。

---

1 击腿跳：法语entrechat，芭蕾舞技法之一。两足踏地，垂直跳跃，于空中双足交叉相拍，然后落地。

2 击打跳：法语brisé，芭蕾舞技法之一，身体向跳跃方向倾斜，前脚向前踢起，后脚在空中击打前脚后侧，落地时后脚落在前脚前方。

品子坐在火炉前，靠着椅背，茫然地观望着。

担任下期班级的助理教师们，也来到排练场，分别进行自我练习。

品子本以为野津已经先行离开，没想到他换下全部戏装，从里面走了出来。

“品子小姐，今天回家……我送送你。”

“不过，没人伴奏啊。”

“没关系，总会有人弹琴。”

野津一边将胳膊伸进大衣的袖筒里，一边说道：

“我从对面的镜子里，看到品子小姐的脸色，知道你很辛苦。”

品子以为野津通过镜子只是在观察自己的动作，没想到他从远处正在用心瞅着自己的脸色呢。

他们顺着斜坡向御成门走去。

“我要到母亲的排练场去一下……”品子说。

“我也很久没见你母亲了，我也去走一趟，可以吗？”

于是，野津拦住一部空车。

“上回会见你家母亲那是什么时候来着？当时谈起芭蕾舞女演员结婚好还是不结婚好，她说还是不结婚好。我说，还是得恋爱吧……”

记得有一次，他们排练双人舞时，品子听野津提起，为了求得二人气息真正的和谐一致，是做夫妻好呢，还是恋人好呢，或者是毫无关系的人好呢?

一心无挂碍跳舞中的品子，突然有所介意，身板僵直，动作也不灵活了。一旦有了局限，跳起舞来，就不能将身子全心交付于男方了。

芭蕾舞女演员，将被男方以各种姿势怀抱、托举、置于肩头；还有投体、承接、全身交托、存置等舞蹈动作，可以说通过男女的身体，在舞台上描绘出爱的各种形象。

作为首席男舞者，他就是“芭蕾舞女演员的第三条腿”，担当一名骑士的角色；而女演员则作为恋人，同首席男舞者珠联璧合，将此“第三条腿”作为自己身体的一部分。

品子还不是大泉芭蕾舞团当红舞后或首席女演员的时候，野津就非常喜欢她，甘愿当她的双人舞搭档。

在别人看来，两人恋爱、结婚，那是自然的趋势。

品子尽管还是姑娘家，比起结婚，她的身子或许早已被野津所熟知。品子的一部分已经是属于野津的了。

然而，野津的有些地方，尚未使得品子感受到他的男子气。

是因为两人跳太熟了，还是因为品子是个姑娘呢?

因为是姑娘家，品子的舞蹈很难流露出性感，一旦野津说些什么，身子立即就僵直了。

两人同乘一部出租车，比起二人共舞更加使得品子难堪。

更何况，品子今天也不想让野津会见母亲。

她不情愿被野津看到母亲忧郁的面色、苦恼的形象。再说，品子一心记挂着母亲，她只想独自前往。

“真是一位好母亲啊！然而一提起芭蕾舞女演员结婚、恋爱的话题，你母亲马上就想到品子小姐的事来……”

听到野津这么说，品子也觉得心烦。

“是这样吗?”

波子的排练场，没有开电灯，大门敞开着。

波子不在。

即将日暮，地下室晦暗起来，只有墙壁上的镜子放出钝光。沿着对面的道路边横长的高窗，映射着街上的光明。

空旷的大厅，寒气森森。

品子打开电灯。

“没有来上班，还是回家啦?”野津问。

“唔，不过……没有上锁啊。”

品子走进小房间查看，里头挂着母亲的排练服，摸上去冷冰冰的。

波子和友子各有一把排练场的钥匙。一般都是友子来得早些，她先开门。

友子走了之后，不知母亲将友子那把钥匙交给谁保管了。品子对母亲排练场的钥匙没有多注意，看来，友子离开后造成的不便，竟然也反映到钥匙上来了。

尽管如此，一丝不苟的母亲怎么会忘记锁门就走了呢？品子感到不安起来。

今天是奇怪的一天，她到父亲的房间一看，父亲不在；再到母亲的排练场一看，母亲也不在。两件事放在一起，更加使得品子坐立不安。

犹如一个人刚刚还在，转眼离去，心影依稀，反而更加显得空虚。

“母亲到哪里去了呢?”

品子用那里的镜子照照面孔，她似乎觉得母亲刚刚还在镜子里。

“啊，铁青……”

品子看到自己的脸色，吓了一跳。因为野津站在对面，她不便重新化妆。

品子她们因为排练时出汗，几乎不施白粉，口红只有薄薄一层，很少利用化妆掩盖脸色。

品子来到排练场，点燃了煤气炉。

野津背靠把杆，眼睛追逐着品子。

“不要点炉子，品子小姐也该回去了。”

“不，我等着母亲。”

“她要回到这里吗？那么，我也……”

“会不会回到这里来，我也不清楚。”

品子把水壶放在炉子上，再从小房间拿来咖啡瓶。

“真是一座好排练场啊！”野津环顾四周，“共有多少学生呢？”

“六七十人吧。”

“是吗？前些时候，听沼田先生说，你母亲将要在春天举行公演？”

“尚未决定。”

“若是品子小姐的母亲，我们也想助她一臂之力。这里没有男生吧？”

“是的，因为不招收男生……”

“不过，公演时没有男演员，不觉得太单调吗？”

“是啊。”

品子很不安，她也懒得说话了。

品子低着头倒咖啡。

“排练场也有成套的银质设备?”野津感到很稀奇，“只有女人的排练场，倒是很整洁啊。你母亲想得很周到。”

野津这么一说，一套银质设备也显得适得其所，收拾得干干净净。这里不像大泉研究所那般充满活力。大泉研究所里的墙壁上张贴着研究所几次公演的海报，花花绿绿，而这里只装饰着外国芭蕾舞女演员的照片。就连从《生活》杂志上剪下的照片，波子都将它们整整齐齐镶嵌在镜框里了。

“我观看你母亲的演出是什么时候呢?大概是战争初期吧……”

“或许是吧，战争激化之后，母亲就不再登台了。”

“是同香山先生一起跳的吧?”

野津似乎回忆起当时波子的舞蹈来了。

“现在想想，当时香山先生很年轻，就像我这个年龄吧?”

品子只是点点头。

“他和你母亲年龄相差很大，但很难看出来。”

野津压低嗓门，“听说香山先生和品子小姐，也经常一起跳舞，是吗？”

“跳舞？……我那时还是小孩子，怎么可以说是一起跳舞呢？”

“当时品子小姐多大了？”

“同他跳，最后一次吗？……是十六岁。”

“十六岁？”

野津反复品味着这句话。

“品子小姐一直无法忘记香山先生吗？”

品子自己也觉得意外，她明确回答：

“嗯，忘不掉啊。”

“是吗？”

野津站起身，将两只手插进大衣口袋里，在排练场里转悠起来。

“是的啊，我想是这样的。我很理解。不过，香山先生已经不在我们这个世界了，是吧？”

“不会的。”

“那么，品子小姐同我一起跳舞，可以感觉到就是和香山先生跳舞吗？”

“不会的。”

“两次都是一样的回答。所谓‘不会的’到底是？……”

野津从远处径直走向品子，说：

“我可以等待吗?”

品子害怕野津靠近她，随即摇摇头。

“等待什么呀，这……”

“我的这个等待，品子小姐应该早就明白……再说，香山先生也不是你的恋人，不是吗?”

香山不是品子的恋人，或许野津说得对，事情就是这样。

然而，野津的一番话是对品子的纯洁的挑战。

野津尚未走近身边之前，品子猝然站立起来。

“香山先生可以什么都不是啊。我不管别人的事……”

“别人？……我也是别人吗?”野津嘀咕着，转个方向，朝旁边走去。

壁镜映着野津的背影，品子望着。花格子围巾上的红线，清晰地闪现在脖颈上。

“品子小姐还在做少女之梦吗?”

品子在镜中追逐着野津的姿影，觉得自己的眼睛明亮起来。这不是因为野津，而是因为拒绝野津使得她更增添了力量。

并且，她要战胜内心的寂寞。

究竟是何种寂寞呢？使得品子紧紧团缩着身子不得伸展。这样的寂寞存在于某个地方。

“除非母亲说我已经不能跳舞，在这之前我决心不考虑结婚的事。”

“等到断定品子小姐不能跳舞了？……香山先生结婚也不考虑吗？”

品子点点头。

野津走到对面的墙壁跟前，他回过头来，看见品子在点头。

“做梦啊，真是个娇小姐……照这么下去，我同你一起跳舞，就等于是在阻碍你结婚，是吗？所谓小姐，就是专给男方出难题的吗？”

野津说着，走了过来。

“你撒谎！你心里想着香山先生，才这么说的……”

“不是撒谎，我要同母亲在一起，母亲为了我的舞蹈，花费了二十年光阴。”

“品子小姐的舞蹈寄托在我身上……”

品子对此也似乎点点头。

“好吧，我相信你的话。你同我一块儿跳舞期间，不会想着同香山先生结婚的事，对吧？”

品子紧蹙眉头，凝视着野津。

“我爱你，你爱香山先生。但是，你同我一起跳舞的时间里，这两种爱都受到压抑。这样一来，品子小姐和我的双人舞，倒是怎样的梦幻啊！

这两种爱不是都在白白地流逝吗?”

“没有白白流逝。”

“总觉得像脆弱的梦境。”

然而，品子明媚的眼神，深深感动了野津。品子的面色和刚才全然不同，变得神采奕奕。扑面而来的俊丽中，唯有眉宇间流露出一星愁思。

“我一边跳舞，一边等待。”

品子眨眨眼睛，微微摇摇头。

野津把手搭在品子的肩膀上。

品子回到家中，看见高男的厢房里亮着灯光。

“高男，高男!”品子呼喊。

“姐姐，回来啦?”高男从挡雨窗内回应。

“妈妈呢……回来了没有?”

“还没有。”

“爸爸呢?”

“在家。”

听到高男开门的声响，品子逃脱似的说:

“不用不用啦，回头再……”

庭院里虽然已是暗夜，但品子不想让高男看到自己不安的姿影。

开门声停了下来。

高男似乎站在走廊里。

“姐姐，记得有一次你谈到过崔承喜吧?”

“是的。”

“崔承喜啊，十二月三日，她在《真理报》[1]上发表了一篇文章。”

高男仿佛在讲述一件大事。

“是吗?”

“她在其中还讲述了女儿的死。她女儿到苏联演出时，在莫斯科受到热烈的欢迎……崔承喜的教习所里，听说有一百七十多个学生。”

“是吗?”

崔承喜给苏联的报纸写稿，品子并不像高男那般激动得声音都变了。

然而，品子不安的目光，遥望着冬枯的梅枝映射在挡雨窗上的模糊的阴影。

“爸爸吃过饭了没有?”

“啊，吃过了，和我一起吃的。”

品子没有回自己的厢房，她直接走进堂屋。

今晚上她没有见到母亲，就这样先会见父亲总有些忐忑不安。然而，当她想到这里，一声招呼之后，反而难以离开父亲的房间了。

“爸爸，中午我到您这里转了一圈，以为您在呢……”

1 《真理报》：苏联共产党中央委员会机关报。

"是吗?"

矢木从书桌前回过头来，身子转向手炉方向，似乎等待着品子。

"爸爸，一休说的'佛界'和'魔界'，是什么意思呢?"

"这个吗？……这话颇有意味啊。"矢木沉静地望着壁龛里的墨迹。

"爸爸不在屋里，我一个人看了，着实有点儿发憷呢。"

"哦？……为什么?"

"应读作'入佛界易，入魔界难'吧？这里的'魔界'就是人类的世界吗?"

"人类的世界？……你说魔界指的是这个?"矢木有些意外地反问，"也许是这样，那也很好嘛。"

"像人一般地生活，怎么像魔界呢?"

"说是'像人一般'，'人'是什么？在哪里？或许都是魔鬼。"

"爸爸就是带着这个想法，望着这幅墨迹的吗?"

"没有啊……这里写的'魔界'依然是魔界，那是个可怕的世界。因为比佛界难入。"

"爸爸想入魔界吗?"

"你是问我想不想入魔界吗？你这样问是什

么意思呢?”

矢木满脸怡悦，温和地微笑着。

“如果品子断定妈妈会入佛界，我也可以入魔界……”

“哎呀，不是的。”

“‘入佛界易，入魔界难’这句话，使我想起另一句话：‘善人能成佛，何况恶人乎’。不过，不一样。一休的话，是排斥伤感的，不是吗？是排斥妈妈和你等人那种感伤的情绪的……排斥日本佛教的感伤与抒情……是一句严酷的战斗性语言。对啦对啦，十五日的会上，展出《普贤十罗刹图》时，品子也去看了吧?”

“去看了。”

北镰仓名曰“住吉”的古美术商的茶席，每月十五日举办例会。茶具商和茶道爱好者，轮番掌灶，在关东一带为主要茶会之一家。

老板住吉，担任东京美术俱乐部总经理，是美术商界元老。他恬淡脱俗，有点儿像禅林和尚，较之茶道师傅，有些地方更像一位茶人。十五日的茶会，全靠这位住吉老人人品的支撑。

因为就在附近，矢木有时心血来潮，就到那里走走。本来益田家的《普贤十罗刹图》，有时悬挂于壁龛里，逢到那一天，他就邀约妻子女儿一道去看看。

“那都是你妈妈很喜欢的，围绕着骑白象的普贤菩萨的十罗刹，都是身穿十二单衣[1]的美女丽姬。原样模仿当时宫中妇女的身姿。藤原时代华美而感伤的佛画之类，可以窥见藤原的女性趣味与女性崇拜。”

“不过，听妈妈说，普贤的面孔只是美丽，并不华贵。”

“是吗，普贤是美男子，却被描绘成美女的样子。纵然是阿弥陀如来自西方净土前来迎接的《来迎图》，也带有藤原的憧憬与幻影，出现了‘满月来迎’的词语。藤原道长死时，弥陀如来手里坠着一条丝线，道长自己抓住丝线的一端。《源氏物语》诞生于道长时代，我年轻时曾经研究过源氏，但你妈妈认为，我是一个野蛮的穷人家的儿子，同藤原的风雅相去甚远，粗鲁、卑贱，她似乎很反感啊！”

说到这里，矢木看看女儿的脸，继续下去：

“在那幅《来迎图》中，前来迎接人类灵魂的圣佛们，衣着华丽，手持乐器，姿态翩跹。女人的美丽，因舞蹈而达于极致，所以我没有阻止

---

1 十二单衣：古代日本女官、贵族女子穿着的衣服，单衣之上多层重叠而成。

你妈妈跳舞。但是，女人不是凭精神跳舞，而只是凭肉体跳舞。长期以来，我观察你母亲，可不是这样？女子较之当尼姑，还是跳舞更美丽。仅此而已。你母亲的舞蹈，只不过表达了她的哀伤情绪，属于日本风味……而品子你的舞蹈，不也是青春虚夸的幻影吗？”

品子本想回击父亲。可是矢木随口又说：

“假若魔界里没有感伤，我还是选择魔界。”

堂屋里有矢木的书斋和波子的起居室、餐厅，还有储藏室和女佣房间。

波子的起居室，只好同时兼做夫妇卧室。

这幢房子还是波子娘家的别墅时，这间六铺席大的屋子设计就带有女性意味，以古老的缎片作为墙壁的壁饰。说古老，也就是经元禄[1]以下至江户时代的各种女子服装等物。

最近波子躺在床上，望着彩线刺绣的古代花纹，变得寂寞难耐。这些缎片的女性意味过于强烈了。

自从波子拒绝矢木，就寝对波子而言变得很痛苦。

---

1 元禄：江户中期东山天皇执政时的第一个年号，从一六八八年至一七〇四年。

丈夫遭拒，不再求她了。

矢木喜欢早睡早起，通常是波子随矢木之后上床。不过，波子入睡前，矢木总是醒着，每次都要同波子说上几句话后再入眠。

波子在品子的厢房里闲谈到很晚时，会突然想起来，随即说道：

“你爸爸要休息了。”

说完，她就回堂屋了。波子担心丈夫等着她，还没有入睡。这是长年的习惯，身不由己。

其实波子也一样，回到卧室，如果矢木不招呼她一声，也会觉得有点儿异样。

然而，这样的习惯眼下却在威胁着波子。矢木一旦在床铺上说什么话，波子就心头一惊，浑身团缩起来，立即钻入被窝。

“我不是罪人啊！”

她心中犯起嘀咕，感到很不安。波子有意无意倾听着丈夫的呼吸，自己到底是犯了什么罪？

波子不能翻身，她在等待什么呢？是等着丈夫入睡，还是等着他来索求自己呢？

他若来求她，她或许还会拒绝，波子害怕这样的争执。但是，他若不来求她，那也是很可怖的。

总之，矢木入睡之前，波子是无法入睡的。

今晚上，波子在品子的厢房里谈话，直到丈

夫就寝时也没有回堂屋。

“听你爸爸说，品子对壁龛里的断简挂轴不满意?”

“哎呀，不满意? 爸爸是这么说的吗?”

“是的。两三天前爸爸说过,因为品子不喜欢，他想换掉……”

“哎呀……我只是问了问爸爸那段文字是什么意思。爸爸跟我说了很多，可我还是没懂。爸爸还说，妈妈和我的舞蹈充满感伤情绪。我听了觉得很遗憾。”

“感伤情绪?”

“他好像是这么说的。爸爸说的是舞蹈，他说跳舞本来就是感伤。是这样的吗?”

“是吗?”

波子想起来了，十五年前，矢木对她说过，女人的身子会因跳芭蕾舞而受到锻炼，从而赢得丈夫的欢心。

矢木对她说，二十多年来，除了“这个女人”之外，他不曾触摸过其他女子。当时，波子一心躲避丈夫的手臂。或许因为这个，总觉得他的话黏糊糊的，害怕被他黏缠住了。

后来想想，正如矢木所说，他作为男人，是

一个“不可思议的例外”。作为“这个女人”的波子，是有幸获得了这个“例外”的缘分吗？

波子对丈夫的话并不怀疑，她信以为真。

不过，她如今对这一点并不觉得幸福，反而感到沉重。

抑或这正是矢木性格异常的表现吧。波子拉开距离看待丈夫。

“如果说我们的舞蹈充满感伤，那么，我同爸爸一块儿生活也是感伤的，对吗？”波子边说边思索，“这阵子妈妈或许太累了，要到春天才能缓过气来。”

“是爸爸连累了您，爸爸从魔界眺望着妈妈。”

“魔界？”

“我和爸爸说起话来，不知怎的，总觉得生活能力也丧失了。”

品子将修长的秀发，用缎带扎起来，随即又解开。

“爸爸是靠吞噬妈妈的灵魂活下来的。”

波子听了女儿的话大吃一惊。

“总之，是妈妈背叛了爸爸，这一点我也应该向品子道歉……”

“爸爸是否在等着大家都垮掉才甘心呢？”

“怎么会……不过，最近我想把这座房子卖掉。”

“早点脱手，可以到东京建立排练场。”

“一座充满感伤的排练场……是吗?”波子嘀咕道，“不过，爸爸会反对的。”

凌晨两点过后，波子回到堂屋。

矢木已经睡着了。

波子摸黑换上冰冷的睡衣。

她躺下之后，眼睑到额头一带，依旧没有暖和起来。

“妈妈，您到我屋里去睡吧。反正爸爸已经歇息了。”品子说，但波子回道：

“正因为如此，才被爸爸取笑，说成是感伤情绪……”

其后，波子虽然回到堂屋来睡，但总怀着寂寞，倒不如像一个年轻姑娘，同品子一起，两人一块儿待到黎明更好。

她一直睡不着觉，生怕惊醒矢木，心里怀着恐惧。

早晨，波子醒过来，已经是矢木起床之后了。这是从来没有的事。

波子颇感惊奇。

深刻的往昔

波子和竹原走向四谷见附近旁旧宅邸的废墟时，刮起了风。

拨开齐膝的枯草，波子一边寻找排练场的舞台基石，一边说：

“钢琴就放在这块地方的。”

她想，竹原当然是知道这件东西的。

“当时趁着能运走，若是搬到北镰仓就好了。”

“如今说这些还有什么用呢？这是六年前的事……”

“不过，施坦威的这种O型钢琴[1]我现在买不起了。那架钢琴，还满载着我的记忆。”

“小提琴可以拎着拿走，但我也把它烧毁了。”

“是瓜达尼尼小提琴[2]吧？”

---

1 STEINWAY公司制造的大三脚架式大型钢琴。

2 由手艺高强的意大利工匠瓜达尼尼（Guadagnini，1711—1786）手工制作的小提琴。

"是瓜达尼尼，图尔特[1]弓子。想想，实在可惜。购买的时候，由于日元货币很吃香，美国乐器公司为了获得日元，将乐器运来日本贩卖。当我现在为了将照相机销往美国，遇到困难时，偶尔就会想起那时的往事。"

竹原将帽檐按住，背着风向，站在那里保护波子。

"我一尝过苦头，就想起那首《春天奏鸣曲》。如今站在这里，仿佛从钢琴的废墟中听到了那首曲子。"

"是的，同波子夫人在一起，我也似乎听到那首乐曲。由两个人共同弹奏《春天奏鸣曲》的这两件乐器，全都烧成灰烬了。不过，小提琴即使幸存，我也不能摆弄它了。"

"我弹钢琴也不可指望……不过，如今就连品子也知道，那支《春天奏鸣曲》里蕴含着我和你的一番记忆。"

"那是在品子小姐出生之前，那是深刻的往昔。"

"如果春天能够举办我们的公演，那么，蕴含着你我互相回忆的曲目中的舞曲，我真想跳一

---

1 佛朗索瓦·格扎维·图尔特（François Xavier Tourte，1747—1835）：法国制弓大师，被誉为现代琴弓之父。

次试试看呢。”

“跳着跳着，要是在舞台上恐怖症发作，那就糟了。”

竹原跟她开玩笑地说。

“我已经不再害怕了。”

波子炯炯有神的眼睛闪耀着。

枯草看上去寒颤颤的，随风披拂，闪烁着斜阳的光亮。

波子玄色的裙子上，也晃动着枯草闪光的影像。

“波子夫人，即使找到原有的舞台基石，也不能建造原来那样的家了。”

“是的。”

“请我熟悉的一个建筑家来看地址吧。”

“那就拜托了。”

“也请考虑一下新家的设计吧。”

波子点点头，随即问道：

“你说的‘深刻的往昔’是指‘深深埋在枯草中’的意思吗？”

“不是的。”

竹原似乎一时找不到合适的词。

波子回头望望那段破墙，走到马路上。

“那段围墙也不能用了，盖新房时要先拆除掉。”竹原说着也回头看了看。

“大衣的底边粘上了些枯草的草籽呢。”

波子抓起大衣的下摆，翻转过来看看，先给竹原的大衣掸了掸。

“请转个身。”

这回竹原发话了。

波子的衣服下摆上没有沾枯草。

“你终于决心建排练场了，矢木先生同意吗？”

“没有，我还没有跟他说呢……”

“这件事有点儿难。”

“嗯，在这里建立排练场，等到建成后，我们还不知会怎么样呢。”

竹原默默地走着。

“我和矢木一起生活二十多年了，如今，孩子也都长大了。不过，这不是我的一生。我自己也不理解。似乎有好几个‘我’，其中，一个同矢木一道生活；一个在跳舞；还有一个，也许在思念着你呢。”波子说道。

西风从四谷见附的高架桥那里吹过来。

两人从圣依纳爵教堂拐过来就是护城河畔，微风吹拂，土堤上的松树发出簌簌响声。

“我想使自己变成一个人，将那好几个‘我’

变为一个。”

竹原点点头，望望波子。

“你为何不跟我说‘同矢木分手吧’这种话呢?”

“关于这个……”竹原接过话头，“我呀，刚才就在考虑，假若我们不是老相识，而是初会，那将如何呢?”

“啊?”

“我说‘深刻的往昔’，也是因为脑子里有这一想法啊。”

“我和你是初会……”波子狐疑地回头看看竹原，“我反对，这种事我无法想象……”

“是吗?”

“不行啊，过了四十岁才和你初相识?”

波子双眼闪耀着悲戚的神情。

“年龄不是问题啊。”

“我不这么想。”

“重点是‘深刻的往昔’。”

“不过，要是现在初会，你不会理睬我的。”

“你是这么想的吗，波子夫人? ……或许我正相反呢。”

波子仿佛被重击一拳，随即站住了。

他们已经来到幸田屋旅馆门前。

“这件事等以后再细细问你吧。”

波子想进入旅馆，随即若无其事地掩饰一下。

“你看起来很冷吧？”

长长的走廊中段，安设着棚架，排列着鲁山人[1]的陶器，均为志野瓷和织部瓷的仿制品。

幸田屋旅馆的餐具一律使用鲁山人制品。

波子站在棚架前，望着仿九谷[2]的碟子。那里的玻璃上映照着她的淡淡的面影，目光炯炯，十分清晰。

尽头的庭院里，花匠正在铺设枯松叶。

从那里拐向右侧，再转向左侧，接着再从汤川博士住过的“竹之间”后头进入庭院。

“矢木来时，住在哪里呢？”波子问女佣。

他们被领往厢房。

“矢木先生是什么时候来的？”

竹原一边脱大衣，一边问。

“打京都回来时路过这里，我是听高男说的。”

波子用手从面颊到脖颈抹了一下，说道：

1 鲁山人：指北大路鲁山人（1883—1959），日本京都人。陶艺家、书道家。

2 九谷：日本石川县九谷以烧制陶瓷而著称。明历年间（1655—1658）至元禄年间，九谷烧制的色绘陶瓷称为“古九谷”，风格豪放。江户末期再兴时，始趋于精巧，包括“赤绘”“金襕手”等。

"脸上被风皴得很粗糙……我稍微离开一会儿。"

波子到盥洗室洗过脸，又坐到下一间房子的镜台前。她一边熟练地巧施淡妆，一边照着竹原所说的，想象两人假若是初遇，又将如何呢？不过，波子无论如何，都无法作如是想。

他们即使来到旅馆纵深处的厢房，也没有什么不安的感觉，是因为老相识吗？还是因为这里是熟悉的旅馆？

竹原所在的房间里，传来炉子里煤气的臭味。

波子想象着矢木曾经住过隔着一道竹林的对面的房间，借以平静自己和竹原待在一起的不安。

不过，丈夫来过这家旅馆之后，短短的一段时间内，妻子却在犯罪恐惧心理的追逐下，浑身反而犹如燃烧的火焰。如今，这种感觉也没有了。

想起这些，波子面颊泛起红潮。她再次打开化妆盒，重新浓浓地涂满了白粉。

"让你久等了……"

波子回到竹原身边。

"煤气的臭味都飘到对过去了。"

竹原望着波子妆后的姿容，说道：

"呀，变得好漂亮……"

"因为你说，还是初遇的女子最好嘛……"

波子微笑着说：

“我还想接着听听你刚才说的话。”

“是指‘深刻的往昔’吗？……换言之，如果是初遇，我应该会毫不犹豫地把波子夫人抢过来的……”

波子低着头，内心里波涛汹涌。

“再说，我过去未能同你结婚，也留下了一份悲伤。”

“对不起。”

“不是的，我已经没有怨恨和嗔怒了，与此相反。你和别人结婚，二十年之后，咱们又如此相会。想起这一点，不就是‘深刻的往昔’吗……”

“‘深刻的往昔’，你要说多少次呀？”波子抬起眼睛问道。

“这个‘往昔’，或许把我变成一个老式的道德家了。”

竹原说到这里，似乎想起什么。

“此种感情度过深刻的往昔，没有消失，一直持续下来，束缚住我的手脚。我们分别结了婚，而且，如今此番相见，好像是不幸，也或许是幸福呢。”

波子如今又进一步想到，竹原已经是有妇之

夫了。竹原的婚姻同波子的婚姻毕竟不同，竹原或许不想给自己的家庭添乱吧。

或者说，竹原也已经对结婚抱有幻灭感，他或许害怕和波子的关系过于亲密，同样会迎来幻灭。

波子仿佛感到被竹原一把推开了，然而，即使二人是初遇，没有往昔的回忆，竹原那番似乎尝到爱的口气，似乎也拯救了现场的波子。

“打扰了。”女佣招呼一声走进来，“风很大，我把挡雨窗关上吧。”

这座厢房没有玻璃门。

女佣关上挡雨窗的间隙，波子窥视庭院，低矮的竹林，枝叶翻卷，摇曳不止。

“已经是傍晚了。”竹原两肘支在桌面上，“我的话给你带来了悲伤吗?”

波子微微点点头。

“这太意外了，不过，你和我在一起，也会经常感到恐怖吧?”

“我说过，再也不害怕了。”

“此前看到你胆战心惊，我着实很痛苦。我也觉悟了，啊，这样不行……”

“不过我觉得，那不正是爱的发作吗?”

“爱的发作?”竹原似乎咬住不放。

波子仿佛真的感受着爱的发作，眼下她陶醉于欢爱之中，浑身震颤不已。波子变得娇羞无比，妩媚动人。

“就是说完全相反，那样的话，你也应该可以理解我说‘相反’的心情。过去，是我让你同别的男人结婚的。虽然不是我硬逼你结婚，而是你自己所为，可我从我的立场上可以这么说嘛。因为可以看作我没有夺回你呀……因为我太尊重你了，缺乏使你获得幸福的自信。这是年轻男子常犯的毛病。不过，毛病归毛病，倒也使我穿越‘深刻的往昔’，渐渐迎来了光明……我在其他方面并不胆小怕事，我自己也很惊奇，自己为何竟一直暗暗珍惜着你。”

“我清楚地知道你很珍爱我。”

波子老老实实地回答。她芳心半启，游移不定；纵然彻底开放，竹原也未必跨进来。

“好奇怪啊，我们这样干坐着，似乎我同你老早就结过婚一般。”

“是的吗？”

“我俩如此亲密，已经深深渗入我的躯体。”

波子用眼神给予认可。

“依旧是‘深刻的往昔’造成的啊。”

"我的错误的往昔吗?"

"那也未必，我们相互都没有忘记……是去年吧，你给我的信中写了和泉式部[1]的一首和歌。"

"你还记得?"波子羞涩地问道。

相爱你我不相期，
相期彼此不相思。
问君何者为胜也?

这是波子在《和泉式部集》中看到的。

"这首和歌只是守着大道理不放……"

"不过，你说出要与矢木先生分手，历经了二十年时间。结婚是很可怕的事。"

波子似乎改变了面色，因为竹原好像是指她生了两个孩子。

"你在欺负我吗?"

"听起来像是在欺负你吗?"

"如今，我心中已经没有余裕。我只是赤裸裸地一味颤抖。你心怀旷达，可以看到深刻的往昔。"

波子总觉得竹原是在调侃她，总有些怀疑，

1 和泉式部（生卒年未详）：平安中期女性和歌诗人，大致与《枕草子》作者清少纳言以及《源氏物语》作者紫式部同一时代。

因而两人的谈话不甚契合。

竹原仿佛在等待波子痛哭流涕，纵身扑到他怀里；所以波子既没有哭泣，也没有缠着他不放。可波子看到竹原如此心胸达观，越发焦灼不安起来。

他为何不肯抱一下自称是裸体颤抖的情人呢?

然而，波子没有丧失理智。

今日同竹原见面，是为实际的要事而来。她和竹原商量了卖房子建立排练场的事。波子请竹原看看原来的地点，再到附近的幸田屋旅馆用餐。

更何况，竹原有老婆孩子，波子也还未同矢木分手。

熟悉的旅馆也会出岔子，波子开始没有想到这一点。

不过，波子或许也不会拒绝竹原，她觉得自己各方面早晚都是属于竹原的人。

“你说我心胸旷达，是吗?”

竹原反问波子。

饭后削苹果时，听到教堂的钟声。

“六点钟了。”

敲钟的当儿，波子停下手中的水果刀。

“到了夜晚，风静下来了。”

波子将削好的苹果放在竹原面前。

“看来，我必须见矢木先生一面，好吗?”竹原说道。

“为什么?”波子有些出乎意料。

“波子夫人，不论是修建排练场，还是同矢木先生分手，你自己一人是解决不了的。”

“不,我不愿意……你不要见他……”波子摇摇头，“我来办理。”

“没关系的，我可以作为波子夫人的老相识，和他见面……”

“那样也不行。”

“波子夫人，你总得找个代理吧。事情有点儿棘手，但我很想了解一下矢木先生的真面目，看他什么态度。”

“矢木一旦固执起来……”

“那么……北镰仓的住宅是在谁名下呢?”

“是我继承父亲的，一直未变。”

“在你不知情的时候，没有被重新改动吗?”

“你是说矢木? ……怎么会呢,他不可能做到那个地步……”

“为了慎重起见，还是调查一番为好。正因我不太了解矢木先生的为人……不过我总以为，为了你，我和他早晚会有一次决战，或许眼下正是时候，但我目前还未从你这儿获得确实信息……”

“确实信息?”

“你曾经问过我，为什么不肯说一声‘同矢木分手吧’？你真的认为可以分手吗?”

“早已不在一起啦。”

波子仿佛被引诱一般说出真情，她立即羞得满脸潮红。

竹原似乎如梦初醒，进一步追问：

“今天不是要回家吗?”

波子依旧俯伏着，微微摇了摇头。

竹原喘不过气来，一时沉默不语。

“不过，我作为你的朋友，总想见一下矢木先生，如果作为情人就不好说话了。”

波子仰起脸来，凝视着竹原。

一双大眼睛濡湿了，就那么望着他。

竹原站起身走过来，抱住波子的肩膀。

波子做了一个想离开的动作，随即触到竹原的腕子，手指一阵颤抖，接着就痉挛了。她让麻木的指头轻柔地从男人手上滑落下来。

竹原回家了，波子留在幸田屋旅馆。

“我一个人不好回家，我把品子叫来，一起回去。”

波子说罢，就给大泉研究所打电话，品子还在那里。

“我在这里陪伴你等她来好吗？”

竹原说完，波子稍稍想了想，说道：

“今天还是不见她的好……”

“就连品子我也不能会见吗？”

竹原一边微笑，一边满怀慰藉地看着她。

她送他到门厅，一直瞧着竹原的汽车离开。波子忽然又想追过去。

为何没有同竹原一起离开这里呢？

波子固然想到，自己不能回矢木的那个家；但她忘记了，竹原回家也是挺奇怪的。

波子独自待在屋里，坐立不安，她在女佣的劝说下，到旅馆的澡堂洗浴去了。

“深刻的往昔……”

波子反复品味着竹原的话，她泡在温暖的热水里，似乎觉得已经失去了往昔。波子一时触到竹原的手的那份喜悦，即使回到年轻姑娘时代，也和现在年过四十的感觉毫无二致。波子闭起眼睛，一直陶醉于自我所感觉的豆蔻年华的往昔之中。

“小姐来了。”

女佣走来通报。

“是吗？我马上出去，叫她到房间里等着。”

品子没有脱大衣，随便地坐在火炉旁边。

“妈妈……我还以为发生了什么事，到这里听说您去洗澡，我就放心了。”品子抬头看见波子，“妈妈，您一个人？”

“不，刚刚竹原君来了。”

“是吗？……他已经回去了？”

“我给你打电话之后不久……”

“那时他还在？”品子有些不解。

“妈妈只是叫我来，就立即挂断了电话，我一直担心来着。”

“我和他商谈建立排练场的事，请他来看看现场。”

“哎呀，”品子心里一派明朗，“所以妈妈的心情也很好。我也想去看看啊。”

“住下来，明天去看吧。”

“您要住在这里吗？”

“本来不打算住，可是……”

波子一时不知说什么好，她避开女儿的目光。

“妈妈一人回家挺害怕的，想叫你来陪我一道回去……”

“妈妈不愿意单独回家吗？”

品子轻轻反问一句，说罢，眉头紧蹙，目光严肃。

“不是不愿意，而是很痛苦。似乎觉得不可饶恕……”

“是爸爸？……”

“不，是我自己……”

“是对于爸爸来说吗？”

“可能吧，也许对我自己。纵然说自己不可饶恕，但也并非如此，妈妈自己也不清楚……我一味责备自己，实际上也好像是在为自己找借口。”

品子似乎想起了什么，说道：

“妈妈下回来东京，不论何时，我都和您一块儿回家。”

“妈妈才像个小孩子啊。”波子笑了，“品子。”

“说回家很痛苦，我没想到妈妈会有这种感觉。”

“品子，也许妈妈和爸爸要分开。”

品子点点头，她在压抑内心的骚动。

“品子怎么看呢？”

“感到很悲哀。不过，早就有所预料，所以并不觉得吃惊。”

“妈妈并不了解爸爸的为人，从一开始就不了解。即便不了解也在一起过日子，这个时期已经结束了，不是吗？”

“纵然理解，也不能在一起了。不是吗?”

“我不知道，同不可理解的人生活在一起，会变得连自己都不可理解。妈妈和爸爸这样的人结婚，或许就是同自己的幽灵结婚。”

“我和高男都是幽灵的孩子吗?”

“不是这意思。孩子是活生生的人之子，是神之子。你爸爸不是说过吗，若是妈妈如此同他离心离德，那么生下的孩子也都是坏事。这是幽灵的话，不适合用于我们，不是吗? 为了蒙混，为了解闷，一心要活下去，抑或这就是人生。可这样下去，妈妈也要被当作幽灵了。不过，同爸爸分手，也不只是爸妈的事，也牵涉你们姐弟两个。”

“我没关系，高男倒是……高男要去夏威夷，可以等到他离开日本嘛……”

“是吗? 那就这样吧。”

“不过，依我看，爸爸肯定不会放走妈妈的。”

“可是妈妈也使爸爸吃尽了苦头。爸爸同我结婚，完全是遵照你奶奶的意志。直到现在，你爸爸依旧凭借自己的意志，打算将奶奶的意志努力贯彻到底。

“因为妈妈爱竹原先生，所以才会这么想的，对吗?”

“要同爸爸离婚的妈妈，爱着另外的男人，作为女儿，这样说我觉得太残酷了。记得爸爸曾经问过我，妈妈同竹原先生继续交往下去，你觉得可以吗？我当时回答说：可以。我之所以如此回答，是因为爸爸的提问也很残酷。这件事高男也被问起，但高男说他不想回答这类事。高男毕竟是个男子汉啊！”

接着，品子压低嗓门说：

“竹原先生是个好人……我也不是未曾料到过……不过，我要是承认妈妈的爱，就等于进入魔界。这个魔界,要靠坚强的意志才能生存下去。”

“品子……”

“妈妈和竹原先生相会，叫我到这里来，我倒也没什么，假如将来母女远离，我也会想起今晚妈妈叫我来过这里。

品子热泪盈眶，但她又不好问妈妈，同竹原在一起也觉得很寂寞吗？

“妈妈为何叫我来呢？”

波子突然回答不出来了。

或许同竹原在一起涌上来的情感一时无法排解，才给女儿挂电话叫她来的吧？

再不然就是既不想同竹原分别，又不想回家，正沉醉于互相厮磨难舍难分的喜悦之际，猝然升起满腔哀愁，已经无法自持了。此时总想获得些安慰与释放，才把女儿叫来的吧？

竹原假若抱住波子不放，波子的脑子里也不会浮现品子的影像。

“我想同品子一起回家。”

波子只回答这么一句。

“回家吧。”

她们来到东京站，横须贺线刚刚发车，还需再等二十分钟。

母女坐在站台椅子上。

“妈妈纵然同爸爸分手，也无法同竹原先生结婚吧？”品子问道。

“是的……”波子点点头。

“同品子一起生活，妈妈也只是跳跳舞，是吗？”

“是的呢。”

“不过，我以为爸爸不会放开妈妈的。高男也许要去夏威夷，但爸爸离开日本，仅仅是幻想。”

波子沉默不语，眼望着对面月台上火车正在开动。

火车开走之后，可以看到八重洲口的街灯。或许是品子首先提起的吧，娘儿俩谈论起在波子的排练场品子见到野津的事。

“我回绝了他，不过，我会和他一起跳舞。”

第二天是星期日，下午，波子在家中排练舞蹈。

午饭后，女佣前来传达：

“竹原先生来访。”

“竹原君?”

矢木严肃地望着波子。

“竹原君干什么来了?”他转向女佣，“你告诉他，夫人不想见他。”

“好的。”

品子和高男姐弟俩屏住呼吸。

“这样可以吧?”矢木问波子，“要见也要到外面相见为好，那样不是更自由吗？没必要恬不知耻地闯到家里来。”

“爸爸，我不认为那是妈妈的自由。”

高男嗫嚅地说，手在膝头上哆哆嗦嗦，细小的脖颈上的喉结也微微颤抖。

“唔，只要你妈妈对自己的作为留下记忆，就不会有什么自由。”矢木冷冷地说。

女佣又走回来。

“他说不是会见夫人，他想会见先生。”

“要见我?”矢木再度望望波子，“那我就更得拒绝了。我没什么要见竹原君的事，再说今天也没有预约。”

“好的。”

“我去跟他说。”

高男迅即向上拢一把长发，走向门外。

品子的眼睛离开父母眺望庭院。

院子里几乎满是梅花，稍稍离开房屋，集中生长于山脚，房前只有一两棵。

品子的厢房附近，时常见到瑞香花，仔细瞧瞧，长着坚实的蓓蕾。但梅花怎么样呢？

品子似乎听到母亲的呼吸，她胸口堵塞，仿佛要喊出声来。她本来打算出去，穿上了西装，但此时又莫名地解开了扣子。

高男脚步响亮地走进来。

“他回去了，说去学校见面，问了爸爸何时上课。”高男边说边盘腿坐在地上。

“他有什么事？”

“不知道，我只是叫他回去。”

波子似乎被捆住手脚，纹丝不动。随着竹原的脚步声渐渐远去，她感到矢木的目光迫近了。即便如此，波子也不曾料到竹原这么快来访。

品子悄悄看一下手表，默默站起身来。她早已装扮完毕，立即走出家门。

电车半小时一趟，竹原一定还在车站。

竹原低着头，在北镰仓站长长的月台上踱来踱去。

“竹原先生！”

品子从木栅栏外喊了一声。

“哎。”竹原惊讶地停住脚步。

“我马上过去，电车还要等一会儿……”

品子沿小路急急忙忙走来，竹原也顺着对面的月台赶往检票口。

然而，品子一旦来到竹原面前，就说不出话来了。她面红耳赤，表情僵硬。

品子拎着一只口袋，装着排练服和舞鞋。

竹原想，或许品子因为有事才追他而来的吧。

“去东京吗?”

“嗯。”

竹原边走边问，也不看品子一眼。

“刚才我去你家里了，你知道吧?”

“知道。”

“我想见见你父亲……可是没能见到。”

上行电车到了，竹原让品子先上车，他们相向而坐。

“请给你母亲传个话，就说名义是改了，行吗?”

“好，名义？……什么名义？”

“就这么说，她知道的。”竹原一语岔开了，似乎又想起了什么，“将来你总会知道，是房子的名义。这件事还有其他事，我想跟你父亲商量一下，所以来了。”

“是吗？”

“品子小姐是站在母亲一边的吧？不管发生什么事……你母亲的人生在于今后，和品子小姐一样，品子小姐的人生也在于今后啊。”

电车抵达下一站大船车站。

“我在这里下车。”品子突然站起来。

驶往伊东的湘南电车进站了，两车在这里交错而行。

品子一直盯着那趟电车，转身飞也似的登上车厢，激动的心潮随即平复下来。

刚才竹原来到大门口时，父亲和母亲坐在餐厅里，品子受不住那种令人窒闷的空气，她体验到母亲的心思，一阵痛楚，热血奔涌。

因而，品子出来追赶竹原，不想她一见竹原，首先感到羞怯难当。她似乎要替母亲向竹原传话，但又一下子张不开口。

为什么要来这里呢？品子实在耐不住了，她在大船下了车。

她乘上湘南电车也是一时兴起，一想到是要去见香山，心情便自然地沉静下来了。

到大矶站时，车上聚集着残废军人讨要募捐，品子朦胧听到他们满腹牢骚的演说。

此时，她又听到站在车厢门口的乘务员说道：

“诸位，不要给这些残废军人捐钱，因为禁止募捐……”

残废军人停止演说，拖着金属假肢的足音，打品子身边走过。白衣里露出一只手，也是金属骨节。

品子从伊东车站，转乘东海公共汽车一号线。抵达下田要花三个小时，她估计路上就要黑天了。

二〇一〇年初始译

至第五章因原作版权被买断而中辍

二〇二一年暮春续译

八月三日译毕于蝉声聒噪中

《舞姬》解读

三岛由纪夫

小说《舞姬》的登场人物，以芭蕾舞演员波子与品子母女为中心，还有波子的丈夫矢木、品子的弟弟高男、波子昔日的恋人竹原、波子的弟子友子，以及小说主线中不曾登场的品子所爱的香山、高男的男性朋友松坂、品子的舞伴野津、波子与品子的经纪人沼田等。

小说绝不是描写这些人时疏时密、错综复杂的人际关系。他们各自独立，任何人都无力改变他人的命运。作者最着力描写的是矢木、波子那种斯特林堡[1]式的恐怖的夫妻关系。这位矢木虽然无疑是一个恶魔，但仍然是无力的。出现于这部作品中的善神、美神或恶魔，悉数都经过精心安排，一律赋予一种无力感。

1 斯特林堡：指奥古斯特·斯特林堡（August Strindberg，1849—1912），瑞典作家、戏剧家，以描写赤裸裸的人性为特色。代表作有小说《红房间》《狂人辩词》，戏剧《父亲》《朱丽小姐》《死的舞蹈》等。

作者又似乎故意省略，使得这些登场人物瞬间从这种无力感中脱出、陶醉于自我力量的场面。波子是个放弃舞台之梦的往昔的舞女，而品子是尚未成为芭蕾舞后的未来的舞女。作者只是描写她们观看别人的舞台，而没有描写通过自我努力提升自己的舞台。而且，在护城河所见的银色鲤鱼，犹如不祥的主题，游弋于全篇作品中。

"走吧！你不能再盯着那种东西看啦！"

竹原对一直盯着鲤鱼的波子这么说，他看到波子抛下他这个情人于不顾，一心只注意银白而阴惨的鲤鱼，感到心绪不宁也是可以理解的。实际上，那条鲤鱼，一旦看到它，仿佛将所有的人际关系都一概闭锁，它是一种美的虚无的象征。

波子好比能乐剧情爱篇[1]中的花旦，优婉、哀伤，对人生所抱的梦想渐渐消失了。然而，波子的心灵并非像爱玛·包法利[2]那样，她没有继续沉沦于那种不满之中。在某种意义上，她更显得特立独行，最懂得享受罪即罪、悲哀即悲哀、绝望即绝望之术。

读完这部小说我就想，川端先生写小说的态

1 情爱篇：原文"鬘物"，以女性为主体的能乐剧篇目。

2 爱玛·包法利：法国作家福楼拜《包法利夫人》中的女主人公。

度中有独特的现实主义。作者用自己的眼睛眺望人生，在他眼中，人生只能呈现如此景象，站在此种立场撰写小说，他的写作应当称为小说的现实主义。比起浪漫派的奈瓦尔[1]、心理主义的普鲁斯特[2]，以及自然主义现实主义的二流作家们，在某种意义上，他属于更加透彻的现实主义。

平易而非观念，乍看似乎是面向妇女儿童的文章，却是川端先生时而竭尽全力，时而轻松自如，屡次驻步不前而作成的文体。此种文体，底部隐含着坚固的磐石，表现出“我就是如此看待人生”，作者的这一注释随处可见，不断地使得那些无缘的读者抱有“隔靴搔痒”之感，这正是作者忠实于自我现实主义的缘故。

将登场人物强行同作者的现实主义相结合，使之严丝合缝成为一体，此种手法是先生更加微妙的现实主义。试举一例，开头，作者对波子和竹原幽会的地点——电车线路旁的悬铃木林荫道，具有颇为绵密的观察，那里既有大部分落叶

---

1 奈瓦尔：指钱拉·德·奈瓦尔（Gérard de Nerval，1808—1855），法国诗人，诗作着力描写梦与幻想的世界，代表作有《幻象集》《火的女儿》等。

2 普鲁斯特：指马塞尔·普鲁斯特（Marcel Proust，1871—1922），法国意识流作家，二十世纪最有影响力的作家之一。主要作品有《追寻逝去的时光》，共七卷，二百五十万字，一九二七年出版完毕。

的树木，又有绿叶葱茏的树木。其实，这种观察既是纯粹的客观的，又是纯粹的内面的，作为映照于幽会情侣们眼中的风景是不自然的、不可信赖的。当读者感觉到这一点时，紧接着下面一行，硬是使得读者信服了：

> 竹原想起波子说的话："树木也各各有着不同的命运哩……"

这种手法也表现于鲤鱼出现处。冗长的关于鲤鱼的描写之后，作者让竹原说出：

> "走吧！你不能再盯着那种东西看啦！"

这句话同时足以表现波子的性格。这种手法，本来应该叫作小说的倒叙法，替代伏线，通过后注，逐渐强化小说向纵深发展。与此同时，这种漫长幽会的整个场面，也就成为巨大的伏线。在幽会的高潮中，为悬铃木和鲤鱼所吸引的这对恋人，预示着他们终不得热情结合，不了了之。

若将川端先生的这种现实主义在此戏称为"隔靴搔痒的现实主义"，这种"隔靴搔痒"最成功者当数矢木，最失败者则是竹原。讲求礼貌、优柔寡断的竹原，不论从哪方面看，都缺乏魅力，即矢木所说的“凡夫俗子”，波子的“幻想中的人物”。而矢木却以异样的现实主义鲜明存在。

卑怯的和平主义者，胆小的非战论者，逃避的古典爱好者，本来是妻子的家庭教师、仰仗妻子生活的人，体现着精于计算的母亲执念的人，瞒着妻子、私自存款的人，打算叫儿子逃往夏威夷、自己逃往美国的人，将妻子名下的宅邸偷偷改换成自己私有的人……而且，这个男人的一生从未有过不贞，而对妻子仅以昆虫学家的好奇心加以爱护，在孩子面前诘难妻子精神性的出轨，正说明他是个地道的渣男。

这部小说将波子置于前台，而使矢木作为背景，这种手法是成功的。波子持续不绝的恐惧（波子为此甚至精神恍惚！），被一种无形之物缠身的不安，那种无法摆脱的焦躁，这一切皆来自对矢木“隔靴搔痒的现实主义”的描写，带有异样的现实感。倘若对矢木作分析性的描写，波子的不安或许不会成立，即使成立，也将失去现实主义特征。

矢木在孩子们面前诘难他们的母亲，孩子们各自加以反驳的会话场面，使人想起古典戏剧的最后，是明晰的悲剧的顶点。然而，颇具讽刺的是，此种“家”的悲剧之所以成立，正是由于战败后，这一家所表现的日本“家庭”徐徐崩溃的过程来到了最后的大结局。这一伴随日本民主化的一般现象，《舞姬》全篇对此作了极为微妙而精细的描写。然而，这个特殊的家族，进一步加速崩溃，促进崩溃，有的地方也孕育了与时代无关的自我内部崩溃的种子。到达此种悲剧的顶点之后，各人才从正面互相碰撞，不是依靠情爱，而是通过憎恶形成结合在一起的出色家庭的典型。这正是所谓具有讽刺意味的家庭小说。

此时终于出现了作为作品主题的“入佛界易，入魔界难”的恐怖的话语。

矢木用“感伤”一词取笑热心于芭蕾舞的母女，但波子和品子并非以舞蹈为媒介而可以进入魔界的天才。那么矢木又如何呢？正如品子所说的，“魔界是凭借坚强意志而生活的世界”，矢木其实也大大缺乏居住于此种意义的魔界的资格。矢木也是无力的。

矢木究竟是什么人？

作者也让波子说出，矢木是个丝毫不可理解的人物，不过，矢木单单是无力的“观察的恶魔”吗？矢木对波子长期忠实的爱情生活里，作为观察者具有不同水平的爱的方式。波子无法永远拒绝矢木，也是因为遇到了这一非人性的爱的诅咒，由此化作《天鹅湖》中的白天鹅。

所有登场人物的无力，皆可以认为是源自矢木的此种无力，是置于矢木的无力的诅咒之下的。大团圆部分，品子逃离出来去找香山，暗示这种诅咒的一角已经崩溃。然而，要问矢木因为何种原因而如此无力，这可能有些类似我的独断，矢木是小说家的象征，因为超越一切人的行为而变得无力，不是吗？如此看来，小说《舞姬》描写的是：那些奔波于芭蕾舞艺术行为的女人，正因为如此而成为石女[1]，未能摆脱对所有行为抱着轻蔑态度的男人们的支配权。可以说，作者在波子和矢木身上，亦即在艺术家和艺术家的生活中，说得更明白些，在艺术和生活中，似乎隐藏了不断分裂的阴影。而且，此种相互之间，成了永恒的敌人。

总之，川端先生与普通观念相反，他无疑是个对女人不抱任何幻想的作家。对于波子的描写已经暗示了这一点。如此这般，只把女人当作感情之物，不对女人抱任何幻想的小说是不存在的。福楼拜将自己未能获得回报的梦想寄托于愚痴的

1 石女：不具生育能力的女子。

爱玛·包法利，川端先生却没有任何寄托。我之所以称作现实主义，理由就在于此。

对于川端先生来说，什么是永恒的美？我要是说“一切为己”，肯定会遭人耻笑，但或许那就是属于美少年的东西。尽管只是简短的描写，在高男的男性朋友松坂身上，如电光一闪，希腊的Ephebe（由少年转向青年时的年龄），猝然显现出不吉祥的妖精般的美来。这既是“东方的神圣少年”沙羯罗的面影，也是《山音》[1]中菊慈童[2]能面的面影。

《舞姬》连载于一九五〇年十二月至一九五一年三月《朝日新闻》。

一九五四年十一月

1 《山音》：川端康成另一部描写老年生活的家庭小说。

2 菊慈童：传说为周穆王所喜爱的儿童，因犯罪被流放于南阳郦县，由于饮食当地菊花露而成仙。谣曲观世流中《枕慈童》的别名，《山音》中有所涉及。

花的圆舞曲

一

《花的圆舞曲》结束了。

刹那间，未等落下的帷幕全部遮挡她们的胸脯，友田星枝的姿势猝然松垮下来了。

早川铃子单腿脚尖独立，一侧的下肢正在向上大劈叉，体重的压力集中于同星枝相牵的一只手上。就是说，铃子和星枝两副身子正在描画一种共同舞姿时，仿佛半个身子被突然切割。正向地面倒去的当儿，铃子突然抱住星枝的腹部。

星枝的一条腿趁势打个趔趄，铃子的脸孔紧贴星枝的腹部向下滑落。她想改变这种奇怪的姿态重新站直，不料一只腕子又猛然扑在星枝的肩膀上。

“混账！”

铃子扇了星枝一个耳光。

突然动手打人，连铃子本人也惊呆了，她凝视着星枝的面孔。

“这辈子再也不和星枝一起跳舞了。”

铃子说着，浑身没了力气，不由向星枝的肩头靠过去。

星枝突然转过肩头，她并非想摆脱铃子，也不是出于挨打的愤怒。然而，失去支撑的铃子向前倾倒，两手向地面冲去。

星枝仿佛不知道这是自己造成的，她头也不回，呆呆站立着，厉声说道：

“我这辈子也不会再跳舞啦！”

此时，大幕已经落到地面。

随着布幕落地的响声，观众暴风雨般的掌声随风远逝，蓦地静止下来。

舞台的照明也稍稍变暗了。

当然，这是为回应观众席喝彩，于大幕再度升起之时，使得舞台重新恢复明亮与华丽做准备。舞女们也都等着这一刻，继续保持刚才的舞姿，迅速跑动回去。舞台两侧静候着献花的少女。

掌声的波涛再次响起。

“不能那样任性的啊！”

铃子胡乱抱住星枝的肩膀，随着大伙儿身后往回走。

星枝似乎忘记了走动，像个木头人一样呆然而立，一任听从铃子的摆布。

"对不起，我是打了你这里吗?"

铃子一边笑着，一边将手伸向星枝面颊，星枝转过脸去，喃喃自语：

"我一辈子不会再跳舞了。"

"你想过没有，要是被观众看到了怎么办?我们会遭到耻笑的啊，报纸上也会报道的。今晚的演出就都前功尽弃了。观众应该确实没看到吧，好在大幕遮盖了一切，或许只露出脚来。最多看我摇晃一下，不过，肯定不会知道的。看那热烈的鼓掌，就是为了要我们返回舞台啊！我们肯定也会谢幕的。"

铃子摇晃着星枝的肩膀。

"咱俩应该好好向老师检讨，多亏老师今晚上没有看到。"

两人走近舞台侧面，蜂拥在一起嬉笑打闹的舞女和少女们一时安静下来。铃子脸上稍带羞赧，露出微笑；而星枝一味紧绷着面孔，默然无语。再说那样的场面，有一种令人沉默的氛围。

这时，大幕又拉起了。

舞女们相互示意，手牵手出现在舞台上。她们让铃子和星枝走在最前头。

她俩站在中间，所有人在舞台上排成一列，向鼓掌的观众致意。

这时，少女们各人手捧鲜花，献给铃子与星枝。

这些献花的孩子都是不到十一二岁的少女，其中年龄最小的只有六七岁，一律穿着振袖和服[1]。她们的母亲、姐姐，以及没有参加《花的圆舞曲》演出的舞女们，都身穿其他舞台的服装，抚摸着少女们的头发，给她们整理好腰带，提前在舞台一角照料着，叮嘱她们不要在舞台上出差错，告诉她们应该把鲜花献给谁。

花束集中到星枝和铃子手里。

《花的圆舞曲》是专门为她们两人编排的舞蹈，动作设计也一样。其余舞女都是作为两人的背景或舞蹈的陪衬上场的。为了突出她俩的形象，服装也和其他舞女们不同。

观众为献花的少女们送上热烈的掌声。

铃子和星枝怀里揣满鲜花，遮盖了前胸。

眼看一个脚步蹒跚的最小的孩子，献花献迟了。她手捧一束纤细的淡蓝色鲜花，似乎比大圆盘的向日葵小一些。女孩儿虽说站在星枝面前，但孩子的身材与花束都很小，星枝似乎没有看到。

“星枝，这么美丽的鲜花，是送给你的呀。”

铃子从旁提醒她。女孩儿迟疑地望着星枝的脸，听到铃子的声音，就把花献给了铃子。

---

1 振袖和服：未婚少女穿着的宽袍大袖式样的和服。

“不是的，是给星枝姐姐的呀。”

铃子说着，用眼神向女孩儿示意，但那女孩儿没明白她的意思。这样一来，星枝也不好从旁边夺去。铃子高高兴兴接过蓝色的花束，摸着女孩儿的头低声说：

“谢谢你，回去吧，妈妈在那儿叫你呢。”

穿着振袖和服的少女们，完成献花的使命退了下去。舞台上的舞女们再一次向观众鞠躬致意。幕徐徐落下。

“这是星枝你的花。”

铃子说着，将那一小束花插在星枝满抱鲜花的胸前。

“你为何不接呢？就连那样的小孩子，你都让她在舞台上出丑,太过分啦。看她都要哭了呀。”

“是吗?”

“独木不成林，记住这句话吧。”

铃子说着，笑了。

小小的淡蓝色花朵，夹在玫瑰和康乃馨的花束之间，反而显得更加艳丽。

舞女们你一言我一语，有的说可爱，有的说别致，有的说好看，有的说仿佛像神话世界的王冠，还有的说像梦幻之国的糕点，不约而同地一起好奇地注视着星枝的胸前。

“香吗?”

有人接过去看。

“真想手拿这束鲜花跳舞啊。是什么花来着，星枝是什么花呀?”

“不知道。”

“这花从未见到过。这么使人印象深刻的花，献花的到底是什么人?”

星枝随手接过重新还回来的花束。

“这花枯萎了。”

那人吃了一惊，望着星枝的脸孔，星枝又说了一遍。

“花枯萎了。”

“没有枯萎呀，在这里先不说这话，回去插在花瓶里就好了。要是给献花人听到了,多不好啊。”

“是枯萎了嘛。”

站在稍远处看着这一切的铃子开口了：

“要是你以为枯萎了，不喜欢，那就给我吧。因为我错接了过来，毁了你的心情不是?”

星枝默然，忽地将花扔过来，这花虽然最后回到铃子手里,但途中有个东西掉落在舞台上了。那是缀着宝石的项链，看样子是藏在花里，系在花枝上的。一两枝鲜花也随着项链坠下来了。

星枝几乎在扔掉花束的同时，急忙穿过舞女

队列，跑到刚才献花的女孩儿面前，跪下了，说道：“啊，对不起，是姐姐不好，原谅我吧。”

说着，连同怀里的花束，顺手将女孩儿抱起来，跑步登上通往后台的阶梯。动作快捷，就连掉下的项链也未看见。

“星枝！”

铃子带着峻厉的目光望着她的背影，捡起项链后，看了看系在蓝色花束上小小的名牌。一两个舞女也过来盯着看。

“胜见，铃子认识这人吗？”

“知道。”

“是个男士？”

铃子没有回答。

星枝快步攀登，胸前的鲜花掉落在阶梯上，她都很麻木。一只脚上的舞鞋带子散开了，她一脚甩掉。鞋子落到下边远处的走廊上，她连头也不回。

这期间，观众要求演员返场的掌声不绝于耳。乐队走向乐池，掌声进一步高涨。

铃子猛地打开门扉。

“返场啦，星枝，返场啦！”

她一走进后台，就把项链悄悄放在星枝的镜台角上，抬眼斜睨了一下星枝，故意朗声说道：

"有什么悲伤的，返场啦！乐队都坐好了，等着呢。你一个人在这里闹情绪，真是不懂道理。"

抱来的女孩子不知去哪里了。星枝一个人站在窗前，眺望着夜间的大街。

"你不要惹恼了大家。"

铃子伸手挽着她，星枝也不反抗，跟随铃子走了五六步，在穿衣镜前站住了。

"哎呀，瘸脚丫儿，你的舞鞋呢？"

铃子在镜子里看到星枝的脚。然而，星枝只顾自己的脸。

"这张脸没法再跳。"

"观众根本看不到脸。"

"铃子，你不是说这辈子再也不和我一起跳舞了吗？"

"这辈子还要跳，咱俩跳上一辈子。舞鞋丢哪儿了？"

"我可不想跳，我没心情再跳舞啦！"

"那么，你考虑别人的心情了吗？你绝对不可这样。请你想想，今晚上不是老师专为咱们两个筹划的演出吗？这么多人为咱俩忙里忙外，费尽心血，你一点儿都不知道？即使心里悲戚，脸上也要露出微笑。你看观众，他们多么高兴！"

"真的高兴吗？可我心情那么糟，怎么能跳

得好。”

“你没有听到鼓掌吗?”

“听到了呀。”

“好啦，快把鞋子穿上，鞋子在哪里呀?”

后台是一间逼仄的西式房间，墙边高起之处铺着榻榻米，并排放置着镜台，有一面大穿衣镜。墙上挂不下全部舞装，中央低矮的桌子上也堆满了。此外，桌子上还胡乱摆着观众赠送的花篮、糕点盒以及花束。

榻榻米下边并排摆放着脱掉的各种舞鞋，铃子蹲在一旁，焦急地寻找星枝的另一只舞鞋。这时，门打开了。

她们的老师竹内来了。他一只手拿着星枝的舞鞋，走近星枝，若无其事地放在她的脚边。

“掉了呀。”

他沉静地说着。

“啊，老师!”

铃子涨红了脸，飞快跑过去，跪在星枝面前，给她穿上舞鞋。

星枝将脚完全交给了铃子，凝神望着竹内。

“老师，我不想跳舞了。”

说罢，她转过脸去。

“管你想跳不想跳，舞蹈总归是舞蹈，这就

像人的一生一样。”

竹内笑着，坐到自己的镜台前，开始化妆。

他已经穿起了一半舞装，就近瞅着他化了舞台妆容的脸，比起将要年过半百的实际年龄，面孔掩盖不住老境的凄凉。

铃子和星枝走出后台，当她们一条腿跨上阶梯时，木管早已奏响了序曲。

观众的掌声顿时静止下来。

二

这是柴可夫斯基《胡桃夹子》中的《花的圆舞曲》。

三四年前竹内舞蹈研究所举办的新作观摩大会上，曾经演出过《胡桃夹子》全部组曲，包括《糖果仙子舞》《俄罗斯特雷巴克舞》和《咖啡阿拉伯舞》等。

当时，星枝跳了《中国茶舞》，铃子跳了《芦笛舞》。

《胡桃夹子》的内容原是根据圣诞之夜一位少女梦中所见而创作的童话故事舞曲。

那时候，铃子和星枝都是正当做胡桃夹子美梦的年龄的少女。

《花的圆舞曲》作为压轴，花样年华的少女们翩翩起舞，宛若群芳绽放。

这首舞曲成为她们愉快的回忆。

竹内为两位女弟子扬名于世做准备，今夜专

门举办“早川铃子&友田星枝首届舞蹈艺术汇报演出”，曲目中特别加入了《花的圆舞曲》，并以她们二人为领衔主演，重新修订了原有的动作设计。

星枝和铃子一走出后台，竹内便立即走过来，拿起星枝镜台上的项链看了看，又悄悄放回原处。然后，无意识地摸一摸挂在墙上带着女孩儿气息的戏装。

衣服、花束和化妆道具越是凌乱不堪，就越是显得富有青春朝气。

两人下了阶梯，走向舞台一侧，乐队早已奏起华尔兹主题曲，舞女们一边跳跃一边等待主角登场。

“友田，友田！”

后面有人呼叫，星枝没有听见，预先做好舞姿出场；同时，铃子从另一侧走到舞台中央，与星枝相会。

“没事吧？挺好的。”她小声鼓励星枝。

星枝只用眼睛示意没问题。

接着，铃子一边跳跃，一边担心地时不时望着星枝，两人又一次接近时，她对星枝发话：

“我好高兴，心情好些啦？”

第三次接近时则说：

"好棒，星枝！"

然而，星枝似乎没有听到，她只顾跳舞，如入无我之境，昂奋而又热烈。

铃子看在眼里，自己的动作变得有些零乱，肉体和精神都未能完全入戏，浑身显得很不自然。

不一会儿，两人再次靠近，互相牵手。

"撒谎！可恶！"

铃子不知是嫉妒、愤怒还是悲戚，她焦躁不安，不久又说道：

"太过分啦！好可怕的人啊！"

星枝只是一门心思跳舞。

铃子一心不甘人后，舞姿里涌动着青春的激情。

不料，一边同星枝相争，一边跳跃的铃子，以及对于铃子的争斗之心浑然不觉的星枝，却造就了一场互不协调的美丽。两人的动作，不像是款款飞行的蝴蝶的羽翅。

当然，观众不知道这些，一曲终场，她们又被掌声再度唤回舞台。

星枝同刚才相比，完全像另一个人，她精神昂扬，旁若无人，连声音都充满兴奋。

"太好啦！从来都没有跳得这样痛快。音乐和舞蹈完美一致！"

铃子也满怀高兴地回应观众的喝彩。她走到

舞台一侧，在那里身穿东方舞装、观看跳舞的竹内，抱住铃子的肩膀，安慰她道：

“跳得好啊。”

老师话音刚落，铃子满含热泪正要投向竹内怀里，又猝然转过身子，抢在舞女们头里，登上阶梯，跑回后台去了。

星枝用口哨吹着刚跳过的圆舞曲中的一节，蹦蹦跳跳走进化妆室。

“撒谎，要阴谋，自私自利！我上你的当了！骗人，卑鄙！”

“哎呀，生这么大的气？”

“好样的干吗不正儿八经地斗一斗？”

“我讨厌和别人斗！”

星枝急不可待，她一把撸掉花束上的花瓣儿，撒在地上。

“不要碰我的鲜花！”

“这是你的？谁要同你争啊？”

“是啊，你就是彻头彻尾的个人主义者。为所欲为，没见过像你这样可怕的人。”

“你真生气啦？”

“我说的不对吗？刚才还在怨天尤人，垂头丧气，说什么不想跳舞，不是吗？弄得我放心不下，上了台还在记挂，自己跳得反而缩手缩脚。

有这么可恨的吗？而你星枝，一转脸什么都忘了，自己跳得风风火火，好不高兴！真是个骗子，撒谎家！”

“你说的我一概听不懂。”

“不觉得卑鄙吗？想点子骗人！对别人使绊子，只顾自己跳得好。”

“才不是呢，那些事不怪我。”

“不怪你怪谁？”

“怪舞蹈呀，一旦跳起来，什么都忘了。要是想着要好好跳，反而跳不好呢。”

“看来，你星枝真是个天才！”

铃子只顾冷嘲热讽，可是话音里连她自己都觉得可悲。

“我不会服输的，决不服输！”

铃子焦躁不安，一边整理那里的戏装，一边叨咕。

“好吧，走着瞧，星枝，今后你肯定要吃大亏的！说不准什么时候扑通一声，一落千丈。在别人眼里，凭你的性格，就是属于那种悲剧谷里走钢丝的主儿。自己倒不觉得什么，其实既危险又可怜。大家都为你揪着心呢，想着千万别出事啊！所以人人都让着你点儿。你自己反而不知道，一个人独自逞强。”

“我在舞台上只顾高高兴兴地跳舞，有什么不对呢?”

“高兴，高兴，你只顾自己高兴，还想到过别人高兴不高兴?”

“在舞台上一边跳一边还要想着别人，我可不是那种可恶的世故之人，想起来都可悲，心里一点儿也不痛快。”

“要是世人都服你，那还真了不起。”

铃子随之放低嗓门说：

“不过，在舞台上获得成功，成为舞蹈明星，不是靠勤奋和才能，而是像你星枝这样的韧性，这才是最重要的。那好吧，你就把我踏碎在脚下，只顾自己成名好啦!”

“根本不是。”

“那么，我问你，别人对你那么关心和爱护，你有没有放在心里?”

星枝没有回答，只是望着镜中的自己。

铃子悄悄来到星枝背后，和她脸贴着脸对着镜子说：

“凭着这副态度，星枝你也能喜欢上什么人吗？那时你会是一副什么面孔呢？真想见识见识啊。”

“我才是一副苦相。”

“瞎说。”

“看不出来是因为化了妆。”

“快点儿拾掇拾掇衣服吧。”

“不用，女佣会来的。”

这时，竹内从前台回到后台。

继《花的圆舞曲》之后，又有竹内参演的一出舞剧，至此，今晚的演出结束了。

铃子翩然跑着迎了过去。

“今天晚上全靠老师多方关照，太感谢啦。”

铃子用毛巾揩拭着竹内肩头和脖子上的汗水。星枝坐在自己的镜台前没有动。

“谢谢老师。”

“祝贺你们，大获成功。”

竹内的身子一任铃子摆布，自己只顾擦拭脸上的妆面。

“都是托老师的福啊！”

铃子为竹内脱掉戏装后，给他擦擦光裸的脊背上的汗水。

“铃子，铃子！”

星枝尖着嗓子带着谴责的口气高声呼叫，用白粉刷子敲打着镜台。

铃子装着没听见，到洗漱间洗洗毛巾拧干后，一边仔仔细细为竹内擦干净前胸和后背，一边愉快地交谈着今晚的演出。最后，她仿佛抱起竹内的脚，一只手捧住，一只手为他擦拭足底和脚趾丫儿。接着，又为竹内按摩小腿肚。

铃子高高兴兴地做着这一切，情致殷殷。站在旁人的角度，这一切看起来是她对老师真心实意，不藏半点虚假。

但是，由于铃子的动作过于娴熟，并且仍是一身舞装，肌肤裸露，在别人眼中宛如窥探密室中的一对情侣。

“铃子！”

星枝又喊了一声，这是带有神经质的厌恶感的尖锐呼叫。于是，她霍然起立，走出屋门。

竹内默默目送着她远去。

“啊，可以了，谢谢。”

他走到房间一角的洗漱间一边洗脸一边说道：

“听说南条呀，下周要乘班轮回来啦。”

“哎呀，真的吗，老师？太叫人高兴啦。这回是真的要回来了吗？”

“是的。”

“他还会记得我吗？”

“那时你多大了？”

“我十六七岁。南条君曾经埋怨说，和一个不曾恋爱过的女孩子一同跳舞，实在跳不出什么味道来。这些他都还记得吗?”

“他当然会记得的。这回他肯定会主动邀请你一起跳舞的。他或许觉得还是没有恋爱的人更好。当他看到那个被他当小孩子看待的人，眼下成为一名舞蹈明星，一定会感到惊奇的啊。”

“真是的，老师。本来，我指望他回来教我跳舞呢，眼下反而觉得有些害怕，及早担心起来。他在英国的学校苦读、深造，接着又去法国观看一流明星跳舞，哪里瞧得上我这等人。”

“男人总不能一直单独跳舞，总得有个女舞伴才行。”

“不是有星枝吗?”

“你不能甘拜下风啊。”

“南条君要是瞧着我，我一定会惶恐不安，浑身打哆嗦的。而星枝依旧可以沉着冷静地跳舞。要是有个好舞伴，她自己也会达到走火入魔的神奇之境，一跃跳出异乎寻常的水平来。她好可怕呀。”

“难为你想得真多。”竹内稍稍有些不悦，他接着说，“南条归来后，所里准备尽早为他举办汇报演出，到时候你俩和他同台共舞。以南条为中心，三个人齐心合力，推动咱们研究所发展起来。我也好就此安心地隐退了。你也吃了不少苦，你要和南条君携起手来共创辉煌！研究所地板也需要更换了，墙壁也要重新粉刷。”

铃子联想到，南条的归来比预期延迟了两三年之久，竹内也一直为此而担心来着。所以，这回去横滨迎接指不定有多高兴呢！

“他是绕道美国回来的吧？”

“好像是。”

“为何‘好像’是呢？”

铃子有些吃惊，她又问老师，南条有没有在信或电报里说清楚呢？

“其实是从新闻记者嘴里听说南条君要回来，我也是刚在这里知道的。”

“啊？这种事，他预先怎么没有告诉老师一声呢？”

铃子一时愕然，看到竹内阴郁的脸色，随之同情起老师来。同时感到自己也将被南条抛弃，于是突然失望地哭了起来。

“简直不可相信，一切全靠老师的栽培，他才有机会出国留学。真是个知恩不报的狂人！老师，您为何还要到横滨接他呢？我讨厌他，无论如何，我都不会和他一起跳舞。”

三

星枝走到廊下的时候，负责道具和照明的人员一个个焦头烂额，正在忙着收拾东西。乐手们早已携带着乐器回去了。

晦暗的观众席空无一人。

会场管理人、舞女们的家人亲友以及她们的舞迷学生和小姐，各自带着兴奋的表情，有的在评论今晚的演出，有的坐在长椅上等待，有的前往后台。

说是舞女，其实都是研究舞蹈艺术的学生。她们并非一直在舞台上服务，立志将来当舞蹈家的人也很少。一半是女中学生或小学生，多是富贵人家的女孩子。

她们的化妆室比铃子等人的化妆室宽敞，有的换下戏装，有的去后台浴室洗澡，有的化妆，有的寻找献给自己的花束……人人都在忙着做回家的准备。一派热烈的气氛中，演出后兴奋的余波，也荡漾于青春的话音之中。

星枝在廊子上受到各类人物例行公事般的祝贺：

“恭喜演出成功！”

有人请她签名，对她赞不绝口。

即便如此，她也是随便应酬一下。当她在舞女们的化妆室里玩的时候，她家的女佣在走廊上呼叫她，她们一起回到星枝自己的化妆室。

打开房门，铃子正站在竹内身后，为他穿上西服。

和刚才不一样，星枝虽然注意到了，但没有瞧一眼，只是把自己的戏装一一指点给女佣看：

“这件，这件，还有这件……”

铃子向她示意，她也认真点点头，披上春季的外套，两人一起把竹内送到门口。

未等竹内开车离开，铃子就兴冲冲地告诉星枝南条下周乘船归来的消息。

“是吗？”

星枝淡然应道。

“不过，他没有预先通知老师。知恩不报，哪里有这样的狂人？太过分啦！我太为老师痛心了。”

“可不是嘛。”

“要是舞蹈演员们一起抵制他，在报上写文章抨击他就好了。我们约好不去迎接，也决不和他同台演出，好吗?”

“好啊。”

“不行，真令人信不过，你应该更加愤怒才是。你也是个薄情之人，这一点不比南条君差。”

“什么南条君，我不认识他呀。”

“老师不是经常像谈论自己的孩子一样提起他吗？你没看过他跳舞?”

“他的舞蹈我是看到过的。”

“跳得很棒吧？人们都说，日本第一个西洋舞蹈的天才诞生了。他是日本的尼金斯基，日本的谢尔盖·利法尔。所以，老师不惜重金，借钱送他出国。从此，竹内研究所变得贫困起来了。”

“是吗?”

此时，星枝的司机和女佣提着她的衣箱以及别人赠送的彩带绣球走出来，彼此汇合了。

坐在走廊长椅上的一位青年站起身来，紧跟星枝其后。

“友田姐姐!”

“哎呀，您在做什么，怎么还不回家呢?”

星枝目无表情地打他面前通过。

铃子回到后台，洗干净脸，躲在屋角屏风后

面，脱去戏装，对星枝说：

“为了我们两个今晚的演出，老师也十分艰难地筹措了一笔资金啊。”

“是的。”

星枝看到她前胸和胳膊上还有白粉，说道：

“不洗个澡回去吗?”

“星枝你也要考虑考虑，研究所的房子、乐器以及所有值钱的东西都做了抵押。为了今晚演出的租场费，老师就往来奔波了三四天。”

“制装费似乎也欠下好多，戏剧服装店常来讨债，令人心烦。”

“我说星枝啊。”

铃子看来有点儿不堪忍受。

“‘门里门外两重天’，你知道什么意思吗?”

“我知道。就是说，一旦贫穷，缎子腰带也会卖掉。”

“你星枝说不定也会有卖掉缎子腰带的一天，因为乞丐也要吃米饭。你太缺乏人情味啦。就拿刚才来说，一副令人生厌的表情，太过分啦！作为老师的一名学生，为何就不能照顾老师一下呢?”

“太碍眼啦!”

“碍眼？什么叫碍眼?”

“碍眼就是碍眼。老师光着膀子，太不像样了，真亏你动得了手。”

“哎呀。”

铃子出乎意料，她的胸口似乎被人捅了一刀，再也说不出话来。

“洗洗澡吧。”

“你是叫我洗洗手对吗？”

铃子似乎遭受了屈辱，绷起面孔。

“铃子你那一番表现，我有点儿看不惯。”

“可是……”

“我觉得很可怜！”

星枝又进一步强辩道。

铃子像斗败的鸡，沉默不语。

“因为可怜，所以我看不下去，看了生气。”

“为了我吗？”

“是的。”

“我懂了，我很高兴。”

铃子自言自语。

“千金小姐，就是不同于贫苦人家的姑娘，生来的性格，没办法。不过，我是觉得老师很可怜，真心想为他尽把力。并非为了做贴身门生而有意换取老师的欢心，才去照顾他日常起居的。我只是很愿意这么做。说实在的，咱们女人家，结了婚还不就是干这些吗？”

“要是别人，爱干什么干什么，我才不管呢。我不是喜欢你吗？所以看不顺眼，心里难受来着。”

“嗯。”

铃子抱住星枝的肩膀，让她坐到镜台前边。

“我给你化化妆吧。”

星枝顺从地点点头。

两人都换上了自己的西服。

铃子一边为星枝整理头发，一边说道：

“我十四岁就成为老师的一名贴身弟子，他送我上女校，像对待自己的女儿一样呵护我。但我也和女佣一起在厨房里忙活着。毕竟是在别人家里，各种事情使我处处倍加小心。首先体察别人的心情，然后再考虑自己的心情。我一心想学舞蹈，一直承受着这一切。”

“别人的心情？从旁真的能明白别人的心情吗？我很怀疑。”

“我不愿谈论那些冠冕堂皇的大道理。老师没有夫人，或许正是这个缘故，我更加了解老师的心境。要是没有我在他身旁，很难想象，老师将会是什么样子。可能他会一直穿着脏污的衬衫，指甲长长了也不剪。”

“了解他人之心，你不认为是一件很苦的事吗？”

“是啊，所以我认为艺术很难得，自己要是

不献身于艺术，我一定会成为一个性格扭曲、行为不检、喜欢卖弄小聪明的孩子，缺乏少女应有的气质。是艺术拯救了我。”

“艺术这东西，我觉得好可怕呢。”

“舞蹈不就是艺术吗？正因为你生来就有跳舞的天才，人们才会原谅你的任性和自负，不是吗？要是夺去你的舞蹈权利，你肯定变成一个管不住的疯子。”

“艺术，不知为何，我总有些害怕艺术。它使我立即沉沦其中。当我一旦醉心于跳跃，浑身觉得酣畅淋漓，仿佛在天空飞翔！自己究竟要飞向哪里？又会变得如何？总是忐忑不安。梦中遨游太空，就是那种感觉。没有抓手，一个劲儿飞翔而去。即便想停止，也仍似他人之躯。我不想失去自我，因此不论何事，我都不愿沉沦其中。”

“富贵人家的娇小姐，仗恃于个人天赋，才会说出这番话来。真羡慕啊！”

“是吗？铃子你真的打算跳一辈子舞吗？”

“讨厌，现在怎么还说这些呀？”

铃子嬉笑着，拿起大白粉刷子扑打星枝的脸，星枝一直闭着眼睛，稍稍撅起下巴颏说：

“瞧，我才是一副苦相对吗？”

铃子为星枝的面颊涂抹胭脂，描画眉毛。

“刚才什么事使你伤感？从来没见过你那样粗暴呀，你怎么突然失态了呢？”

星枝寂然不动，宛若一副美丽的能乐面具[1]。

“我要是因为你倒在舞台上，那才难为情呢。”

“我当时不想跳舞了，出场时我看到母亲在观众席上，就满心地不高兴，立即乱了舞步，怎么也跟不上音乐的节奏了。伴奏也很不争气。”

“哎呀，你家母亲来啦？”

“她偷偷地把什么候选未婚夫带来了。可我不愿意光着身子跳舞时给人看到。”

铃子愕然地望着星枝的脸。

“好了。”

铃子将眉笔放到镜台旁边的化妆包里，即刻叫道：

“哎呀，项链呢？项链收到哪里去了？”

“不知道。”

“是在这儿的呀，你真的不知道吗？真讨厌，弄丢啦，你闪开，我看看。”

铃子说着，拉开镜台的抽斗，又瞅瞅镜台后面，匆匆寻找了一遍。星枝一味听任铃子处理。

“算啦，或许女佣收起来了。”

---

1 古典戏剧能乐演出时，演员戴假面具登场，谓之“面”或“能面”。

“那倒好了，不过，女佣没有收拾镜台啊，要是丢了可就糟啦。真不该放在这个地方。这个可不是演出时戴的玻璃假项链啊。我去问问别人看。”

铃子风风火火走出了后台。

星枝对着镜台照着自己的脸。

外面的夜风已经像初夏，但后台上舞女们的服装与花束，还有她们脂粉的馨香，依旧笼罩着晚春的气息，滋润着少女们滑嫩的肌肤。

四

美国航线上的“筑波号”轮船，午前八时驶入横滨港。

竹内一行出于职业关系，已经习惯于外国音乐家与舞蹈家的迎来送往，他们计算好时间，于轮船靠岸稍晚些时候到达那里。

不过抵达时时间还早，海关大楼屋顶的尖塔，依旧辉映着初夏的朝晖，午前街道树一地清荫。

他们在海关前边停车，铃子去陆务部领了门票。这里不愧是码头，右边排列着细长而低矮的仓库，他们就从这儿渡过新港桥。桥左侧像是掘的一块脏污的海面，三菱仓库前边，泊满了日本老式木帆船，船上晾晒着内裙、白布袜子、紧身长裤、贴身背心、尿布以及孩子们的红裤褂等，又破又脏，愈加为周围现代化的海港风光增添异国景观。还有的船上正在洗涮早饭后的盘碗。

竹内和铃子之外，还跟来两位女弟子，其中

一人在海关岗亭前边下车，把照相机交付受检。

一行人抵达四号码头，星枝早已候在那里了。她家在横滨，一个人先来了。

“呀，欢迎啊！”

竹内一下车，忙着招呼道，把自己的花束交给星枝。星枝接过来说道：

“老师，我不认识南条君，不想为他献花。”

“没关系，他今后就是你台上的舞伴啊！但凡我的得意门生，也是你的兄弟姐妹。”

“我和铃子约好了，我们不和南条君同台跳舞，您其实不用来接他的。”

竹内只是微笑着，他走向轮船公司值班人员身边查阅乘客名单，铃子从他背后一眼瞅到了。

“啊，有啦！老师，他在一百八十五号船室，他还是回来了呀，回来了呀！”

铃子满脸通红，兴奋得几乎要跳起来。她把两手搭在竹内肩头，竹内也很高兴。

“是啊，回来了，到底回来了。”

“简直就像做梦，心中始终不能平静，老师。”

一行人带着明朗的神情眺望海港。

南条不会不向老师通报一声就回来的，除非他目空一切，谁都不在乎了。到底发生了什么呢？不过，大家对南条的愤恨与疑虑，从一走进轮船靠岸时的码头开始，就一直搅混在重逢的欢乐之中。竹内甚至联想起这位心爱的弟子少年时期的面影。

他们登上码头的二楼，决定在临港餐厅里等着。这里也挤满了接船的人们。人人都透过敞开的窗户眺望海港，女弟子们耐不住性子，呷一口红茶，将花束放在桌子上，走上通往岸边的步廊。

海港满溢着初夏午前的光辉。

那里停泊着各国的客轮和货船，摩托艇往来其间。

铃子满心兴奋，分不清哪个是“筑波号”客轮。星枝生在横滨，她指着海面对铃子说：

“瞧，那里，眼下正向这里驶来。一艘漂亮的大船，画有红色粗线、有着白烟囱的那艘。那烟囱又短又粗。听说轮船没有烟囱，乘客心里会感到不安。因此，轮船公司都把烟囱精心打扮一番，作为吸引乘客的政策，称作化妆烟囱。大烟囱，不仅看起来船速快，也使人觉得更加安全可靠。”

铃子知道那艘就是“筑波号”之后，心里想象着，当南条看到令人怀念的故国陆地，该是多么高兴啊！她仿佛就是南条，心中兴奋不已。

“南条君正向我们这边眺望吧？他一定在望着我们。甲板上有没有在争抢望远镜呢？”

铃子说着，想借用一下身边女子的望远镜，那女子套着厚厚的草鞋，一头鬈发，衣袖宽大，像是振袖和服。

“人们走动起来之后，还要费好长时间，我们去散散步吧。”

星枝挽着铃子的手臂说。

她们迎着急急登上码头的车辆和人群逆向走去。如今折回刚刚走过的通道，铃子回望着“筑波号”客轮，心里始终平静不下来。

星枝打开报纸神奈川版，大声阅读今日的进出海港船只栏，其中分别列举了今明两天的进出港船只与滞港船只。星枝一边阅读，一边对照停泊的船只，什么“利用递信省[1]补助金建造的豪华货轮”啦，什么“达拉公司的轮船”啦，不愧是横滨出身的姑娘，滔滔不绝地一一说明，听得铃子云里雾里一般。

她们走到栈桥，欧洲航线上的英国船停泊在那里，甲板上一个水手正在向这里俯瞰。走近船腹，寂静得令人害怕。

栈桥餐厅也紧闭着大门。

咯噔咯噔闯入一驾运货马车来。马儿多么老

1 递信省：日本旧中央行政机关，主管邮政、电信、灯台业务等。一八八五年设立，一九四九年废止。

朽、瘦弱啊，车夫也和马儿一样，打着盹儿，似乎随时都要摔倒在地。说是马车，只是在四个角落支起四根棍棒，破旧不堪。

迎头走来一对英国老夫妇，领着一个十二三岁的女孩儿，静静地回到船上。女孩儿在唱歌，嗓音甜美。

栈桥屋顶，或者说楼上更合适，星枝和铃子站在一头，眺望海港，默然不语。过了一会儿，星枝突然问道：

"铃子你要同南条君结婚吗？"

"哎呀，没那么回事，你怎么问这个？讨厌，全是风言风语。"

"你不是打算南条君一回国就结婚吗？所以才一直等着。"

"瞎扯，只是有人这么说说罢了。"

铃子急忙打断话题，不久又自言自语：

"当时我还年小，他出国时依旧把我看作一个小女孩儿。"

"初恋啊。"

"那是五年前。"

"铃子一旦结婚，老师就惨啦。"

"哎呀，星枝居然如此替人着想，真是难得啊！要是叫老师听到了，他会很高兴的。"

“不过，没关系的，一个个总要结婚的啊！”

“南条君要是稍微想到我，也不至于闷声不响地回来的，不该连封信或电报都不肯来一个呀！”

“咱们还来接他，真是太傻啦！”

“南条君一定会更喜欢星枝你的啊！”

“瞧你怕的，真不知你如此胆小，又在撒谎啦。”

两人回到四号码头时，“筑波号”庞大的船身，已经贴近前来迎接的亲友们的胸前了。

听到了船上演奏的音乐。

海鸟群集而来，在轮船和码头之间急匆匆往来飞翔。摩托艇从船头和船尾拖来船缆，岸上的人们一边相互推拥着后退，一边又将身子探出栏杆外。已经可以看见乘客了，他们也都在甲板上伸展着身子，有的挥动手里的国旗，有的举起望远镜眺望。吊着一排排救生艇下面的小圆窗内，也填满了一张张面孔。

迎宾人群中，有人高高舞动着欢迎退伍军人时使用的国旗。西洋人的家属拥抱在一起，挥动着帽子。唯有一位日本姑娘，她不顾人们的喧嚣吵闹，独自依靠在餐厅的墙壁上，悠悠然在阅读一部外文书。突向海里的一角陆地上，聚集着旅馆招徕住客的人群。有的穿戴考究，那是为了迎接海外淘金者成功归来的人们。有的是同移民有亲缘关系的乡下农民。也有船员的家属。甚至还有娼妓，她们始终是一张睡眠不足的脸孔。

已经可以看清船上人们的面孔了。船上地面感情相连，欣喜欲狂。确实是纯粹而兴奋的时刻。

“啊，太高兴啦，啊！”

不知是否是找到了所等的人，一位漂亮的姑娘长舒了一口气，踮起脚尖，不停地顿着双足。铃子从一旁看着她，不由也被她带动起来，高高挥舞着鲜花。竹内也大声问道：

“在哪里？在哪里？是南条吗？你看到他了？”

“没有看到，我只是兴奋来着。”

“你再仔细瞧瞧，看有没有他。”

“南条君一定看到我们了。”

“好奇怪，看不到像南条君模样的人。不知为什么。”

近旁的人们都在匆匆向下面走去，竹内等人也来到外边。那里等着登船的人已经排起长队。铃子和星枝被前推后拥，只得将花束高高举过头顶。

不一会儿，到了允许登船的时候了。他们一行也从B甲板上了船，心里估摸着，南条可能在进门的大厅里等候，但哪里都看不到他的身影。

“肯定还待在船室里吧。”

急忙走去一看，一百八十五号房间倒是用罗马字标示着船客的名字“南条”，但房门紧闭，任怎么敲门也无人答应。

然后又到A甲板上的步道、吸烟室、图书室、娱乐室以及餐厅，匆匆找了一遍，也不见南条的人影。到处都是陶醉于重逢喜悦之中的亲人、情侣、朋友……动辄就同他们磕磕碰碰，前推后拥，奔跑不停。其间，竹内渐渐露出一副歪斜着的阴沉的面孔。

铃子和星枝登上逼仄的阶梯，那里是儿童游乐室。

“哎呀，这里还有玩沙子的地方呢。”

星枝抓起一把沙子奇异地看着，铃子双膝跪在狭小的沙地上，哭泣起来。

“太过分啦，太过分啦，简直不像话啊！”

“那也用不着啼哭啊。”

星枝紧闭朱唇，握紧拳头。

“你不觉得很痛快，很有趣吗？”

竹内两眼布满血丝，他一走进办公室，就问道：

“一百八十五号房间的南条上岸了吗？”

“哎呀，这么多乘客，很难弄清楚啊。不过，负责的服务员现在还在那座房间附近，他也许会知道的。”

听了办事员的回答，竹内随即折回船室，询问正在打扫房间的服务员。

“大部分客人都上岸了。”

一百八十五号房间依旧锁着门。

两边船室之间细长的走廊，闪耀着白漆的光亮，没有一个人影。

大厅里的女弟子们，带着不安的神色等待着。那里也已寂然无声。

竹内压抑着愤怒，他苦笑着说：“可能已经上岸了。应该在岸上等着的。”

或许的确应该如此。码头分为楼上楼下两段阶梯，接船的人从楼下上船，乘客由上段阶梯上岸，这是为了防止拥挤。从海岸通往轮船的渡桥，也分上下两座，可能竹内一行人尚未上船时，南条已经上岸了。

开始运送乘客的行李了。

正要走出船舱时，星枝忽地将花束投进海里。铃子看到随波漂荡的花朵，茫然凝视着自己手里的鲜花。

临港餐厅又热闹起来了。还有归国的人正在欢迎宴会上致辞。

走到码头的后门口，一一对着车内瞅了一遍，终不见南条的影子。问报社记者，他们回答说，他们也在找南条，打算要他谈谈回国的感想。

竹内也许不堪忍受屈辱和愤怒。抑或悲伤之余，很想独自一人待上一会儿。

“谢谢了，对不起，我先回去了。”

他说完，头也不回地匆匆走了。

女弟子们你看看我，我瞅瞅你，星枝家的司机将车开了过来。

“要回家吗?”

铃子冷不丁问了一声。星枝使劲摇摇头。

“不回家。”

“那么……”

铃子一直望着竹内的背影，不由热泪滚滚，猝然奔跑起来。

“老师，老师!”她喊着，追了过去。

两位女弟子带着困惑的表情，望着星枝问道：

“不回家吗?”

“不回家。”

“好吧，再见。”

“再见。”

星枝独自上船，来到南条房间前边，悄悄靠在门扉上纹丝不动，她闭起双眼，露出一副冷峻的神情。

五

仓库铁锈色的屋顶，林荫道的新绿，前方泛白的西洋式街衢，海上吹来的微风，无不给人以鲜明的爽适的印象。铃子的皮鞋似乎仍在笃笃敲击着地面，她一心想要追上竹内，这敲击声更使得她的一腔思绪增添忧伤，她目无旁顾地疾步向前。

“老师！”

她几乎一头撞在他身上。

“啊。”竹内虽说有点儿出乎意料，但也满脸喜色地问道：

“你一个人吗？”

“是的。”

铃子摘掉帽子，甩甩头发，擦擦汗水。

“已经是夏天了。”

“天气真好啊！”

铃子快乐地笑着。

“星枝她们不知到哪儿去了，我只顾紧追老师来了。”

竹内沉默不语，铃子有意无意地望望竹内的脸色，向前走着。

“南条说不定正在旅馆休息呢。”

竹内说着，走进新格兰德饭店[1]，看样子南条不会在这里，立即出来了。

“去吃午饭吧。”

在外边等着的铃子，依然表情沉重，只顾摇着头。

“稍微走走吧。”

铃子点点头，他们随即从绿荫遍地的山下公园旁边，渡过垂柳飘动的谷户桥，沿着道路两侧排列着西洋花店的斜坡，向山丘顶端竖立一面旗子的气象观测站攀登。到达那里之后，听到一群少女合唱赞美歌的声音，两人被歌声吸引，随后进入外国人墓地。

说是墓地，显得颇为明丽，绿意充盈的草坪，清晰地凸现着大理石的洁白。草坪上面点缀着花草，辉映着初夏正午的太阳。看起来愈加像是一座洁净、有序，既欢快又静谧的庭园。山丘斜面

---

1 即Hotel New Grand，位于横滨中华街附近，横滨唯一富有古典西洋情趣的饭店。

陡峭，自右首的滞港船舶，中间经过海岸街、伊势崎町百货店，直到远方山峦，一目了然。

赞美歌继续从山麓的墓地上传过来，应该是一群基督教学校的女学生。

入口一侧土堤上的灌木丛中，盛开的火红的杜鹃花，似乎是那颜色映射着大理石十字架的断面。

女人衣服的色彩，或许因为草坪和空气的缘故，宛若艳丽的绘画。尤其是年轻姑娘的日式和服，看起来美丽到无可形容。前方的景观一无遮挡，身处此地，仿佛飘荡在街道上方。或许这地方也是横滨一方旅游胜地，前来凭吊的不仅有外国人，也有装扮得花枝招展的日本姑娘前来参观，流连忘返。

有的碑上镌刻着“为我爱妻圣洁的回忆”的碑文，下边附有《圣经》语句。随着恭敬地拜读下去，同这墓地有着千丝万缕关系的人的情爱与悲惋，也似乎同铃子的内心相通，自己的感情也借此原原本本全部流出。

“哎，老师，南条君真的回来了吗?”

“是回来了呀，不是明明有他的房号吗?”

“他会不会途中跳海了呢?”

“怎么会有那种傻事呢。”

"我也不相信啊，但我总以为那间房子里是南条君的骨头或幽灵乘船回来了。"

铃子说着，随即发现脚边有座小小的坟茔，崭新的大理石表面上镌刻着百合花。

"呀，好可爱呢，婴儿的墓啊。"

她似乎忘掉了一切，将一直捧在手里的花束，悠然放在这座墓前。

小小墓碑前，同样用大理石围起一块花圃，不仅长满了鲜花，还放着凭吊者带来的盆栽。

"星枝早就把花束扔到海里去了。她不像我这样一直抱在怀里不放。管他什么南条北条，干脆就扔到这座外国人的墓地算啦！"

"也好嘛。"

竹内随口应和着，他们朝着形似地岬、突出一端的草地走去。唱着赞美歌的少女们，沿着下边的道路回去了。铃子坐在竹内身旁，说：

"上回汇报演出的那个晚上，老师，我和星枝看到南条君那样忘恩负义，两人当即发誓，坚决不同南条君一起跳舞，也不来迎他。只因老师要来所以也就来了。"

"哎，算啦。"

"我想他不会对老师连个招呼也不打就踏上日本土地的。"

"他或许有他的考虑，说不定有什么隐情。总之，他是乘坐'筑波号'回来了，这一点确定无疑。必要时找遍全国，总会有人知道他。干的是立足于舞台的买卖，瞒也瞒不住的。你一定要抓住他啊！"

"我不愿意。"

"你不是同南条有什么约定吗？"

"约定？"

"南条出国前。"

"没有啊，什么约定也没有。"

铃子认真地摇着头。

"我送他来码头的时候，他只是对我说过，在他回国前，不论发生什么事，叫我都不要停止跳舞。"

"你应该信守他的约定，即便我这把老骨头丢弃坟场，你也要同南条一直跳下去。"

"快别这么说啦，我怎能离开老师您呢？"

"那又怎样呢？修炼艺术，更是残酷的事业，连父母兄弟都可以置于不顾，要忘掉那些黏黏糊糊的世俗人情，首先有献身精神！"

铃子好半天瞧着竹内的脸。

"老师在说谎。"

"是你在说谎啊。"

“老师最疼我了。”

“这倒是。不过，这五年你不是一直等着南条归来吗？一旦南条回来，你又怕被他嫌弃，又怕缩手缩脚放不开身子跳舞，其实这些都是多余的顾虑。还有，你听说南条不打招呼乘船回国，就马上骂他是知恩不报的狂人。其实，这些都不是你心里话，不是吗？”

“我是真心的。老师不觉得南条君做得太过分了吗？”

“是的，确实令人生气。”

“您还是来接他了。”

“是啊，不过，为了让南条将来多照顾你们一些，我也只好忍辱负重。”

竹内虽然口头说得好听，但内心感到歉疚，也有点儿苦涩。其实，他本想叫新回国的南条作为研究所助手，重整旗鼓，试图摆脱经济困窘的局面。然而，眼下这类事情，铃子是根本想不到的，所以听了竹内的话，铃子内心里也有所触动，嗯了一声，随即点点头。

“我很理解老师的用心，所以才会感到太多的遗憾。”

“不要气馁，只管一个劲儿地坚持下去。”

“该怎么办呢？”

"还不明白吗？抓住南条不放就行啦。他在西方学到的东西，你也全都学过来。拿出吸干他生命之源的劲头，吞噬他掌握的知识。这个可以说是一种复仇的手法，倘若南条背叛了我与你。或者他是个坏人，干了坏事，你也可以和他同归于尽，如果你爱南条的话。果真如此，你也没有什么可遗憾的，我可以为你料理后事。人们常说的'毫无遗憾地活着'，或许就是艺术的根本。你思念南条五年，如今，你的一份纯洁的情爱遭到亵渎，实在很可惜啊！"

铃子听着听着抽噎起来。

竹内说出这番话来，同他的年龄很不相称，完全出自他对年轻人的嫉妒和自己已逝青春的悔恨。虽说也出自对铃子的一番情爱，但当他觉察他的话在铃子身上已经有了实在感应的时候，立即站起身来。

"南条即使知恩不报，世人肯定还会对他的舞蹈报以喝彩的。"

铃子进一步抬眼追问道：

"您很感失落吧，老师？"

"你那样啜泣，不是也因为南条吗？"

"不是的，我听老师这么说，心里总觉得很难过。"

"不要太在乎这些。"

"可我从来没想到老师对我放手不管了。"

竹内惊讶地看着铃子，随口问道：

"友田家就在这附近吧。"

"哦，星枝已经回家了吧。"

"顺便去看看吧。"

铃子默默摇摇头，站起身离开了。

竹内和铃子尚未到达外国人墓地的时候，星枝已经背靠南条船室的门扉，一直站在那里了。她露出一副冷冰冰的表情。

不久，锁眼里响起钥匙转动的声音，星枝悄悄躲避起来。门静静打开了，星枝的身子正好藏在了门后。一个女子从门内探出头来，看了看走廊。于是，南条跟随女人身后出来了。

南条拄着松叶杖[1]。

女人轻轻触及一下门扉，门自动关上了。

他们一看星枝在这里，南条和那女子突然站住了，但是星枝和南条并不认识。

星枝依旧靠在门扉上，低着眉头不想动弹。

南条他们只好从她面前通过，当拉开距离之后，星枝也迈开了步子。

---

1 松叶杖：一名"腋杖"，专供腿脚不便者使用的状如松叶形的腋下双股拐杖。

那女子不安地回头看看，她责问南条：

“她是谁?”

“不认识。”

“撒谎。”

“要是认识，总得打个招呼。”

“因为我在场，您想瞒着我。”

“别开玩笑啦。”

“她不是专等您出来的吗?”

“但我从未见过她呀。”

“不要脸，盯梢来了，讨厌鬼!”

星枝听不到他们两人的对话。那女子气呼呼地握紧拳头，两三次捶打着自己的腰部，接着就闭口不语，只管迈动着脚步。

船里已经没有一个乘客了。

码头静寂下来，只有装卸工在搬运从船腹中投下来的货物。

南条和那女子逃也般地奔向码头后门，上了出租车。

南条的右腿似乎有些毛病。

女人似乎比南条年龄大一些，或许过三十岁了，是个带有西洋风情的美人。

“小姐，您怎么啦?”

星枝的司机颇为疑惑地打开车门。

“跟着那个瘸子的车。畜生！”

“就是刚才那两个人吗？”

“是的，绝对不要叫他逃掉，不管到哪里都要追上他！”

在气冲冲的星枝的威压下，司机急忙发动车子紧追而去。

“怎么回事？什么人啊？”

“舞蹈家。舞蹈家还拄着松叶杖，没见过。哑巴唱歌，太好笑啦！”

“追上了要做什么呢？”

“不知道。”

“今天去迎接的，就是这一位吗？”

“是的。”

“那位太太，是他的同伴吗？”

“不知道。”

“以前就认识吗？”

“不认识。”

“只要看清车牌号码，跑到哪里都能立即找到。”

“别啰唆啦，只管追吧。你不觉得懊恼吗？”

星枝突然对司机大发牢骚。

车子只顾疾驰，离开横滨市区，从藤泽钻过松林，突然直奔明丽的大海驶去。眼前浮现着江之岛。

道路遥远，前面的出租车早就觉察被人追踪，说不定为了甩掉星枝的车子，故意绕圈子，跑冤枉路。

南条对星枝的行动很不理解。从星枝的年龄上看，自己离开日本时，她也就十五六岁光景，他不曾认识过这么幼小的姑娘。刚才她那种近乎毫无表情的冷淡的言行举止，究竟为着什么呢？较之傲慢与倔强，那一副几乎等同于虚无的美丽，使得南条留下恐怖的印象，但他又不好停车责问她为何紧跟不舍。

女子除了怀疑南条与星枝间有什么秘密外，也别无他想。尽管如此，她看到这位妙龄女郎不像是坏女人，所以对她如此大胆，走到哪里追到哪里的行为，依然很不理解。

星枝也觉得自己的行动不合乎道理。

汽车自江之岛道口向鹄沼驶去。沿海车道，左首是海滨沙滩，右首是平坦的松原，眼前一片开阔，晴空万里，柏油马路好似一条笔直的白线，直通远处伊豆半岛。天空一派澄澈，富士山浮在空中。涛声高渺，海滨沙滩绵延不绝。幼松低矮群聚，景色坦荡明丽。还有一片培育松树苗的沙地。这里的植物只有松树。

两辆汽车飞快行驶，看上去全然是莫名其妙的兜风。

不一会儿，前面的一辆拐进过堂松原，消失于那里一座别墅的庭院。

后面的一辆放慢了车速，稍稍落后些进入那条小路。星枝正要挨近车窗看看门牌时，南条蓦地从门内走出来。路面的宽度，刚好使得车体触及到两侧的松叶。南条和星枝的面孔出乎意料地靠得很近，可以相互感受到对方的呼吸和皮肤的温热。

星枝突然涨红了脸，紧闭双唇。

“你是谁？有什么事吗？”

南条极力装出一副若无其事的样子。

星枝沉默不语。

“不是你跟踪我到这里来的吗？”

“嗯。”

“究竟为了什么？”

“疯啦。”

“疯了？是你吗？”

“嗯。”

南条怪讶地打量着星枝。

“呵，疯子，有意思。我很喜欢疯子。你好不容易随我到这里，快请进来吧，待一会儿，说说话。”

“说话？我没话可说。”

“真没礼貌，我问你，为何到这里来？不回答就不放你回去。”

“因为疯啦。”

“别开玩笑了。你想要弄我吗?”

“正是因为您，我只是想羞辱您一下。”

“什么?”

星枝示意司机发车，忽然悲切地闭上眼睛。

“拿根松叶状的棍子装模作样，我才不会上您的当呢。”

南条目送着星枝的汽车，仿佛做了一场噩梦。

六

铃子教少女们做基本练习。

她们和上回跳《花的圆舞曲》时登台献花的小女孩们年龄相仿。铃子对待小孩子很有办法，她亲切地照料她们，很多时候都是由她替代竹内指导排练。

离开这些小女孩稍远的地方，三四个年龄稍大些的弟子，有的把脚蹬在横杆上，有的对着镜子做着各种动作，还有的实地跳起了剧中的片段。各自都在自行练习。

竹内在接待室里同经纪人会谈。

竹内带着困惑的神色说道，他刚接到南条的来信。据信上说，南条他右腿关节受伤了，如今扶杖而行，作为舞蹈家，已经不能站立，犹如行尸走肉。但纵使自己早已打算歇脚，想起恩师的悲戚，不忍让他看到自己那副可怜相。

以南条回国为基本构想的计划，全部化为泡

影。尽管未收到乘船回国的消息，竹内依旧坚信南条一定会回到自己的怀抱。他本打算先在东京，接着在大阪和名古屋等地举办芭蕾舞回国汇报晚会。他还同影剧院签订了合同，准备率领自己的弟子们登台演出。

“即使南条君自己不能跳，也不妨碍参与动作设计与指导，他拄着松叶杖来往奔走，更显其悲剧色彩，愈加增强宣传效果，不是吗?”青年经纪人说道。

然而，竹内并不赞同经纪人的提议，他表示：

“我不想兜售悲剧角色，南条太可怜了。”

“别再犯傻了。好不容易在海外学习五年归来，他应该作为舞蹈设计师，开辟一条新的生路才是啊!”

“就南条本人来说，也许他想把舞蹈全都忘掉呢。总之，不见到南条就无法判断。他总会来致歉的嘛。”

“您的这番温情，反而会害了南条君。应该叫他干起来啊!”

“谁温情啦？你根本不懂。”

经纪人露骨地指出：现在不是你我争论的时候。应该尽可能利用一切有宣传价值的东西，力求摆脱研究所的经济困境。这么说，当然没有错。

因为交不起税，钢琴也被查封了，税务署发出的拍卖通知，是和南条的信一块儿送来的。

无论如何，不见到南条一切都无从谈起。最后只是在为浴衣巡回宣传上达成协议。可以说，这是一种出差性质的贩卖集团，免费招待那些购买浴衣的顾客观看歌舞。到各地方城市巡回演出，也是一次持续不断的长途旅行。竹内虽然对此事并不热心，但他还是让铃子和星枝都去参加这次巡演。

“还有，南条拄拐杖的事请你保密。因为他连我都瞒着，是悄悄上陆的。其实，我也还没告诉身边的铃子。”

竹内进一步叮嘱道，接着便和经纪人一道走出接待室。

他来到排练场，看到铃子正合着童谣唱片，指导小孩子们跳舞。铃子自己也仿佛变成个孩子，起劲儿地跳跃着。

年龄大一些的女弟子们在更衣室内脱去排练服。

竹内看了一会儿孩子们跳舞之后，走到铃子身旁。

“我要外出，帮我准备一下吧。”

“好的。”

铃子对少女们说了一声“照着刚才继续练习”，就进入后面帮老师更衣去了。

竹内一边结领带一边说：

“这次‘浴衣之旅’决定让你参加，这是一件艰苦的差事。”

“不管怎么说，也是一次锻炼。只要认真跳舞就行了。我一定全力以赴。”

“这可是长途跋涉啊！”

“剧目已经定下了吗？”

“这次是乡间巡演，可以安排一些通俗、热闹的舞蹈节目。这类事情还是以你所好进行吧。”

“嗯。回头考虑一下，以便调配服装。”

铃子送走了竹内。

“天要下雨了，老师早点儿回来。”

铃子又回到排练场，将手里的竹内的排练服嗅了嗅，扔进浴室。接着，她又继续合着童谣指导跳舞。

过一会儿，孩子们回家了。

宽阔的排练场只有铃子一人。

她背倚钢琴歇歇身子，无意中一只手触动琴键，鸣响一声。不久，她又选中一张唱片，静心听了一半曲子，然后急忙大幅度地跳起舞来。

铃子打开壁橱的橱门，这壁橱仿佛嵌入整个

墙壁的一只大型西服衣柜，内部挂满戏装。铃子一一翻检着，一一追思着，随即取出两三件来。

似乎做着旅行准备。她检查一下手里抱的衣服是否适合使用。戏装上笼罩着舞台的幻影。铃子又想跳舞了。她随手将戏装套在排练服外头。

夕暮降临。看样子已经下雨了。

墙壁一整面广阔的镜子，随着房间的晦暗反而鲜明起来，映照着铃子水中游鱼般的舞姿。

外头有人敲门。

正在跳舞的铃子没听见，留声机也在响着。

门静静打开了。于是，铃子甚至未曾发现，自己的舞姿已经被人看到好一阵了。

“咯噔，咯噔”，传来松叶杖越走越近的响声。正在做白鹤亮翅[1]动作的铃子听到响声，猝然站立不动了。

“哎呀，您是南条君吧？是南条君啊！”

铃子说着急忙跑过来，几乎倒在地上。

“您回来啦？您到底回来了呀！”

“你是铃子吧？”

“真高兴啊！”

---

1 白鹤亮翅：法语arabesque，古典芭蕾舞基本体势之一。右手斜向上举，左手斜向下指。右腿支撑体重，左腿斜向后方抬起。

“几乎认不出来啦，你变得更加优秀啦!”

“啊，回来啦！您呀，真坏，真坏!”

铃子正要晃动南条的身子，但一触到松叶杖就立即缩回手去。

“哎呀，您怎么啦？受伤了?”

“老师呢?”

“受伤了吗？站着没关系吗?”

“我没什么。老师呢?”

“我问您，出了什么事啦?”

铃子战战兢兢搬来一把椅子。

“大伙儿去横滨迎接您，找了好久都没接到。好悲伤啊!”

“我躲在船室里了。”

“躲起来了?”

铃子脸色惨白，凝神注视着南条。

“您在？我那样敲门，原来您在？真可怕呀！老师也一起去的。”

“老师呢?”

“外出了。您打算如何向老师交代？太过分啦!”

“所以，我特来告别一下。”

“告别?”

铃子问，她怀疑自己的耳朵听错了。

南条沉静地点点头，说道：

“我就像忘记歌唱的金丝鸟，你都看到了，我再也不能跳舞了。”

铃子好半天说不出话来。

“最好不要见老师，免得徒增伤悲。铃子你能否替我诚恳地向老师表示道歉，就说南条没有自杀能活着回来，就算侥幸。”

暮色渐渐变浓了。

“对不起，我……”

铃子滴水般的言语一出口，眼泪便止不住流淌下来，宛若呼唤远方的人：

“不过，不能跳也没关系，也没关系的嘛。”

铃子的话似乎渗入南条心底，他沉默了。

“等呀，等呀，我一边等您，一边长大了。”

“可是，我对于老师，对于你，完全是个无用的人了。”

“不，我需要您，我需要您呀！”

“我对你会有什么用？我又能做什么呢？”

“有的，哪怕什么都做不到，我只要这一条。”

“是爱吗？”南条嗫嚅着说。

“然而，我呀，和你一道所能做的，也只是殉情自杀了。”

“死也无妨。”

铃子啜泣起来。

“不要那么哭嘛。一个想哭不能哭的可怜的人，就站在你面前。”

南条从椅子上站起来。

“你本来不是个感情用事的人啊。”

“您太扭曲了，其实我很明白，您非常需要爱。”

“天很晚了，我该回去了。请让我看一眼朝思暮想的排练场吧。”

南条凭记忆摸索墙壁上的开关打开电灯，不由一惊。

挂在墙壁上的星枝的照片，几乎碰着他的脸。虽然是胸以上的舞姿，但一眼就认出是她。

“那个疯子。”

他不由嘀咕一声，不经意地瞧了一会儿。

“好漂亮的人啊，也是老师的弟子吗？”

“是的，她叫友田星枝，前一阵子，老师曾经叫我和她两人同台做过汇报演出呢。星枝她也去横滨码头迎您了。”

铃子说罢擦擦眼泪。

南条环顾着墙上排列的舞台剧照，说道：

“好多弟子啊，研究所怎么样？”

“很艰难啊，您竟然还记挂着。当时送您去留学，这里的房子做了抵押，您都忘了吧？还有后来，给您寄去生活费……”

"这我知道。"

"师母去世了，您知道吗?"

"是啊，师母比生身母亲更疼爱我。"

"还有老师本人，不知怎的，自那之后一下子就衰弱了。"

"是吗?"

"老师本来是一心想着等您回来，把一切都交给您管理，安心引退。他是计划着把研究所让给您的。"

"请你转告老师，南条连自杀都做不到，就这么回来了。"

"您到底怎么了呢?"

"你问这个？是关节不行了。"

"不行了？脱臼了，还是折断了？疼吗？治不好了吗？啊，您说呀!"

"这才是我一生的腿啊!"

南条用松叶杖嘎哒嘎哒捅着地板，说：

"木头腿怎么跳舞?"

"这东西，不要啦!"

铃子一脚踢掉松叶杖，南条突然失去平衡，身子就要向前倾倒。此刻，铃子迅速挽起南条的右臂，绕在自己肩膀之上。

"就把我当作您的一只腿好了。不用木头腿，用肉腿走路吧。不能走吗？试试看，不是可以走吗？”

铃子说罢，亲切地挽着南条转了一圈。

“老师对您如亲生儿子。儿子伤残了，哪有父亲不愿接纳的呢？”

“谢谢，我也巴望用温热的肉腿行走啊！”

南条悄悄离开铃子，拾起松叶杖。

“代我向老师问好，我不会再见他了。”

“我不让您走。”

铃子拽住不放，南条倒在钢琴上。他用拐杖尖端重重敲击后面的西洋鼓，发出两三声脆响。

铃子被鼓声吓住了，随即松开了手。

“我让你醒一醒理智的眼睛！”

南条说道。

铃子当即思忖起来，南条所说的“你”，是指南条自己还是指铃子。此时，南条已经走出门外。

“您到哪儿去？下雨啦！您现在要去哪儿？”

铃子追到门外，意外发现外头有汽车在等候他，此时车子已经开动了。

她心情茫然地回到排练场。

她想起了什么，叫喊了一声“铃子！”同时咚的一声用力敲击一下西洋鼓。

“铃子！”

她又大喊一声，再次重重地敲响西洋鼓。

随后，铃子扔下鼓槌，迅速脱掉戏装，走进浴室，开始洗涤竹内的排练服。

这是一间镶嵌白瓷砖的清洁的浴室。

铃子只洗了这一件排练服，伸伸腰肢，站着思考了片刻，随后泡入浴槽。她的整个身子浸入一池温暖的热水中，突然令她泛起微笑，于是连忙用热水洗洗脸孔，接着下意识地凝视着自己的胸脯和臂膀。

电话铃响了。

铃子猛地一怔，紧缩着身子，环顾一下周围。

她不顾一副水淋淋的身子，披起一件便服，出去接电话。这期间，电话铃声在静静的屋子里继续高声鸣响。

不知为何，铃子心怀悸动，声音也哽在喉咙管里了。

“来啦，喂喂，这里是竹内……”

“啊？铃子吗？只你一个人？”

“星枝？你是星枝？”

铃子放下心来。

“对不起，我刚才在洗澡呢。”

“哎，是下雨啦。”

“洗澡啦，在浴池里。喂喂，你在家里吗？自那之后你一直没来，这可不行啊，你都在做什么？”

“今天吗？”

“是啊。”

“我用望远镜观看海港来着。”

“真讨厌，你一直不来，叫我担心极了。”

“‘筑波号’今日起航了。”

“‘筑波号’，是吗？”

“告诉你，那位姓南条的人，挺怪的呀。”

“嗯，他刚刚来过这儿。我正要告诉你呢，他很可怜，一条腿瘸啦，瘸啦，成了瘸子啦，知道吗？他说已经不能跳舞了。他那天躲在船室里了。”

“是的呢。”

“他谁也不想见，这倒也难怪。他是来向老师道歉的。他叫我替他转达老师，南条没有自杀，能回来就很侥幸了。老师不在，他是来告辞的。”

“他还是拄着松叶杖吗？”

“是呀，吓我一跳。那是傍晚时分，他像幽灵一般走进来，站在昏暗的排练场里。”

“此后，怎么了？”

“怎么了，你问南条君吗？他的腿真的不能跳舞了，今后可怎么办呢？”

“铃子你又哭啦？”

“我的话他根本听不进，他心灰意冷，像是

不想再活下去啦。”

“撒谎！那是假的。”

“你说他撒谎？他确实是来告辞的呀。就是老师也不会眼睁睁看着不管啊。”

“所以我说他装相。我想，那松叶杖也是装门面的。”

“哦？不是啊。你听不清楚吗？你在放唱片，星枝？”

“嗯。”

“听我说，南条君是拄着松叶杖来的呀。”

“这我知道，看见了。”

“哎，看见了。他刚回去。啊呀，你说看到了，是星枝你吗？”

“是啊，所以我才打电话来呀。”

“看见南条君？你是说你看到了南条君，对吗？在哪儿看到的？真的吗？给我说说呀。”

“是想跟你说的呀，是你一个劲儿说个没完啊。那天我一直等他从船室出来。”

“等到了？没有拄着松叶杖吗？”

“拄着呢。”

“那是装相吗？为什么说是假的？”

“不存在什么‘为什么’。”

“你跟我说清楚点。我不相信，你怎么知道

是假的呢?”

“我只是这么想来着。”

“为什么要这样想?好奇怪呀。他有必要假装拄拐杖吗?”

“那我不清楚。或许因为是和女人一道回来的吧。”

“女人?”

“喂喂,铃子?你见到南条君时,他真的是瘸子吗?”

“嗯。”

“那么说,或许是的。是我多疑了。”

“我呀,现在想去你家可以吗?会比较晚,让我借宿一夜吧。”

“好啊。”

“还要说说关于老师要求的事呢。”

“我问你,铃子你怎么想的?跟南条君结婚,作罢了吧?”

“哎呀,没那么回事啊。”

“毕竟,瘸子舞蹈家起不到什么作用。比起结婚,你不是更看重舞蹈吗?倘若你见到南条,被他松叶杖的把戏所蒙骗,觉得如此二人不能跳舞,那也没办法了,这可不行。你可不能有这样的想法啊!所以我才打电话来。”

“星枝，我不明白你的话什么意思。你说那天一直等着，你一个人吗？一直等到看见南条君从船室里出来的吗？”

“是的。”

“那么，你作何打算呢？真是个怪人啊！”

“南条君也这样问我，干吗一直盯他到这里，我回答说，我疯啦。他同一个女人一块儿到位于辻堂旁的森田家里了。”

“森田，森田，是辻堂那边的吗？那么你也一起跟到辻堂那里了吗？”

“要说一起，我只是在后头盯着罢了。”

“辻堂，你一直盯着到辻堂吗？”

“喂喂，你怎么啦？马上就来吗？我派人去车站迎你吧。”

“唔，不过，今晚就算了吧。一项巡演合同谈好了，由于南条君的关系，之前的计划全给打乱了。老师真可怜啊！是为贩卖浴衣作宣传的旅行。救救老师吧，我们俩一道去。这里连电话都成了他人之物了。”

“什么浴衣宣传，真可厌。”

“要是不去，老师就要犯难啦。”

铃子咔嗒一声挂断电话。

七

树林里传来盒子枪的响声，稍有间隔的连连四发子弹。

紧接着最后一发，腾起一阵男女的欢笑。

然而，拨开绿叶扶疏的树枝，只有星枝一人出现在庭院里。

树林和庭院连在一起，分不清界限。庭院包裹在树林之中，不过一侧靠近一条小路。

小路对面是桑园，越过桑树枝头，可以窥见下面的山谷。谷底小溪一侧的一小块水田闪耀着寂寥的光亮。蝉忽然想起似的鸣叫起来。

这里似乎是冬季滑雪、夏季登山的往返基地——温泉浴场。这座别墅建在这里很相宜，虽说是一幢简单的建筑物，却位于稍离旅馆后面的山岗上，给人的感觉就是一处独门独户的山里人家。

星枝的动作显得有点儿野蛮，宛如一名猎手，目光炯厉，看那气势，仿佛连树上野果也要啃上几口，甚至随时都能猛烈地冲出树林。一身轻便的休闲服，贴合全身。有时姿态过度自由，随着一阵兴奋的突发，反而显得不很适合，暴露出危险。

她一边奔跑，一边甩掉鞋子，做出两三次大幅度跳跃，最后随着激烈的连续旋转颠仆在地上。

庭院的草坪似乎没有修剪，野草丛生，并向树林蔓延。星枝白皙的身体伫立于一派翠绿之中，纹丝不动。

她将一只手臂支撑着草地，抬起脸孔。夕阳从对面照射过来，浅浅的薄云逆着日光飘动。星枝眺望着向远山倾斜的太阳，脸上闪现出渴望的神色，眼睛噙满泪水。

此时，她自然摆出一副舞姿站立起来，开始跳舞了。

说是跳舞，也是一时即兴，只不过将基本动作随心所欲地连缀起来罢了。

她来到甩落凉鞋的地方，正要从地上拾起的时候，抬头向前方一看，蓦然发现小路树荫下有个躲躲闪闪的人影。

星枝疾步奔向小路，一个拄着拐杖的瘸子慌忙向下走去。星枝一眼看到，没有停步，只是稍稍放慢脚步，又继续紧追不舍。今天那不是松叶杖，而是桦木拐杖。

南条回过头来微笑着问：

“你又追过来了？”

“是的。”

星枝随便应和着，不肯正眼看，而是斜睨着南条，眼里又像刚才一样重新燃起野蛮的怒火。

南条满怀感动地说：

“真像竹内老师啊。”

“太不讲礼貌啦。”

“也许我说话的方式不对头，但我实在很怀念啊。竹内老师的舞蹈，就是我整个少年时代的希望和憧憬，所以我打心眼儿里对你赞叹不已。我说你酷似老师，可能有点儿不适当，但我不得不承认，你确实是个天才。”

“我说您偷看，太没有礼貌。”

“这个我表示道歉，但盯着一位躲在船室里的乘客，一直追到辻堂，又尾随着找到这座山里来，到底是谁更没礼貌啊？”

“假装瘸腿的人没礼貌。”

“假装？”

南条惊讶地望着星枝，微笑着坐在道旁。

“那根松叶杖怎么了？”

星枝不是嘲笑，而是冷淡地问。

“我呀,已经再也不跳舞了。我厌倦了。可是，星枝小姐却对我紧追不放啊。”

“我没有追您啊。”

“那么说，就是舞蹈在追我，舞蹈不肯放我走吧。对我来说，你就是舞蹈之神派来的使者。”

星枝倚靠路旁，将一只手提着的鞋子穿在脚上。

“我不管什么舞蹈，什么舞蹈之神，我只要弄清楚松叶杖是假的就够了。”

星枝一顿抢白，正要离开。

“记得在辻堂，你对我说过：‘只是想羞辱您一下。’指的就是这一点吗?”

南条也起身跟了过来，一条腿依旧一瘸一拐。

“我在研究所看到过剧照，知道你就是那位星枝小姐。你还到横滨港接过我。那时候，我真的太卑怯了。不过我为何躲在船室里不出来，眼下可以告诉你了。因为现在星枝小姐你的舞姿太使我感动了。请不要急着逃脱嘛。”

“一直在逃脱的是您南条君啊!”

“是的，我一直想着逃脱舞蹈呢。”

“您跳不跳舞我管不着，在那之后，铃子立即到辻堂的家去探望，却大门紧闭，对吗？原来您躲到这山间谷地来了。”

“逃？对于一个患有神经痛和风湿病的人，太需要这座著名的温泉啦！来到这里后，我的腿好多了。”

星枝不由转过头去，眼里含着女性的温柔，半信半疑地审视着南条的腿，神色立即严峻起来。她越发生气地加快脚步，樱唇紧闭。

“刚才的枪是你打的吗?”

“是我父亲打的。”

“那么说，在那里见到的是令尊了。当我一边心绪茫然地陷入沉思，一边前行的时候，猛然听到清脆的枪声。看到星枝小姐你在翩翩起舞，我一下子清醒了。我的体内已经腐烂死亡的舞蹈，仿佛一时又复活了。”

“能治好吗?”

星枝唐突地问道。

“我的腿吗？当然能治好啦，不过，不知道还能不能跳舞。”

“还说什么呢，回去吧!”

星枝喊叫了一声。

南条忽然闭起眼睛，颤动着前额。

两人不知不觉又回到刚才那座庭院。

“能否再跳一遍给我瞧瞧?”

“不行。”

南条自庭院到树林上空环顾了一圈，说道：

“舞蹈犹如自然界的鸟鸣蝶飞，自由自在，随心所欲，那才是真正的舞蹈。舞台上的舞蹈是堕落的。我刚才看到你的舞姿，实在有点儿迫不及待，很想和你一道跳起来呢。仿佛身子自然而动，就像墓场的死者，重新站立，翩然起舞一般。”

星枝无意中后退一步。

“因为从舞蹈上来看，我就是一个死人。这样的‘我’如今竟然想跳舞，这连做梦都不曾想到。你就跳一遍让我开开眼吧。”

“不行啊，好可怕呢。”

“就做个动作给我看看嘛。”

“我已经说了，不行就是不行。”

“那么，我来模仿一下看看好吗?”

“请吧。”

星枝漠然地回答，既怪讶又畏葸地望着南条。

“瘸子跳舞啊。”

南条本人也忽然笑起来。

于是，他的脸色似乎有了些变化，说得夸张些，那是善与恶、正与邪一闪即逝的影子。

他犯起犹豫，不知右手里的拐杖如何处理。他立即举起左腕，一颠一跛跳起舞来。

一副含有不祥之相的怪奇的舞蹈，一侧臂腕优美的舞姿，反而显得阴森可怖。

然而，南条未曾跳上十五步，倏然而止，立即坐在草坪上了。

“就像是牛鬼蛇神的舞蹈啊！”

星枝站在庭院一头白桦树荫下，冷然地沉默不语。

“和星枝小姐你的舞姿相比，简直就是阴翳和阳光。我心中就是如此悒郁。你看了我刚才的舞蹈，你就不难理解，我为何一心想再看一看你的舞姿。”

“好心烦啊，您是认真的吗？”

星枝自言自语地嘀咕着。

“认真？说真的，我如今处于生死关头，站立在转折的路口。从幼年时代起，就一直沉沦于舞蹈。或许是这种因果关系所致吧，在我看不到舞蹈的时候，人间的美好，人生的可贵，仿佛一场梦幻，蓦地醒来，一切都茫然不知了。”

“我不愿看到别人一本正经的面孔。我也不想使自己变得认真起来。我在舞台上跳舞时，一眼瞥见观众十分投入的神情，我就觉得实在无聊。要是认真，倒不如独自活着为妙。”

“你也是个可怜的疯子啊！”

“是的，我一开始就这么说过。在过堂，当时。”

“我很喜欢疯子，当时我就这么说过。或许舞蹈就应该这样。舞蹈的实质，抑或就在于将尘埃满布的灵魂，通过自古以来所说的更加污秽的肉体的动作，使之纯洁地表达出来。”

“我已经停止跳舞了。”

“停止跳舞？为，为什么？”南条诧异地凝视着星枝，“就这一点，你能否说说真实的想法呢？”

“我觉得再这样下去，我害怕会变成另一个人。跳起舞来十分认真，其余皆是一派寂寥。”

“这就是艺术家，是天才的悲剧！”

“撒谎！我不想被任何事物束缚，也不认为艺术可贵。我想永远独自一人。”

“那是因为星枝小姐的美丽，你天生丽质，才会使你那么说。”

“我想平凡地活着。此外，没有比这更自由的了。”

“你要结婚吗？”

星枝未作回答。

“看到你青春灵动的舞姿，不曾想到你身心疲惫至此。真是不可思议啊！”

“太失礼啦，我哪里疲惫啦？”

“你受伤了，你受伤了呀！”

"我没受伤。您戴着因果感应的艺术的有色眼镜看人，我不爱听。所以我不跳舞了。正是因为我既没有疲惫又没有受伤，所以我不再跳舞了。"

"刚才你不是在跳舞吗?"

"刚才? 刚才在玩游戏呢。就像小孩子又跑又跳地玩游戏。"

"在我看来，那就是舞蹈，就是生命瑰丽的跃动。"

"那是因为您在模仿瘸子跳舞。"

"所以说嘛，我再三求你，让我再看一下星枝小姐你的游戏。求神拜佛，心诚则灵，跛子也能站立行走，这样的奇迹有得是。"

"我也厌恶奇迹。"

"伴随着又跑又跳的节奏，你可以一脚踢掉我的这根拐杖。凭着那股力量,我可以站立起来。"

"您可以立即独自站立起来啊。倘若我的游戏有股力量，可以使跛子站立起来，那么凭借您自己的舞蹈治好您的瘸行，也就丝毫不成问题了。"

"是吗?"

南条的眼里闪过一丝敌意。不过，似乎下定某种决心。

"那我就照着星枝小姐的吩咐，跳一跳试

试看。”

“随您的便吧。”

“如此残酷的观众，对我有好处。”

南条又用右手拄着拐杖，一颠一跛地跳跃起来。

但他已经不同于刚才的舞蹈。出于愤怒，身体的动作也变得僵硬不灵了。

“我本来这辈子都不打算跳舞了。”

“为什么呢?”

“因为我热爱舞蹈。对于舞蹈，我还是稍稍知道一些的。”

他一边断断续续地诉说着，一边逐渐剧烈地狂跳起来。

沉积日久的污秽翻腾起来，不一会儿，南条的舞蹈好似火山喷发。

星枝望着南条的舞姿，眼里闪出好奇的光辉。

最初是一副厌弃丑恶的眼神，继而转成畏惧危险的眼神，仿佛充满一种对不安的恐惧。她用左手挽住头顶上的白桦树枝。

南条依旧拖着一条瘸腿跳舞，然而他的手足已经变得轻松自如、热情奔放了。

他的动作如闪电般迅疾，优美的线条流光溢彩。

星枝暗自用力握紧拳头，逐渐滑向胸脯下缘。

白桦树枝弯作弓形，眼看就要折断了。

“星枝小姐，论其游戏，还是，还是你教我的游戏，更有趣。”

“您跳得太好啦！”

南条停住舞步，蓦然望着星枝，边跳边靠近过来。

“游戏，不能光是看着。我们一道玩游戏，你快跳起来吧。”

星枝不由得收缩着胸脯，似乎想守住身子。

南条继续向对面跳去。

“能跳啦，我又能跳舞啦，舞蹈使我获得新生！”

南条的舞姿颇似原始和野蛮时期的人，或像蜘蛛和雄鸟求偶一般。

星枝仿佛听到为南条的舞蹈作伴奏的音乐渐次接近渐次响亮起来了。

“自古就有这样的说法，别人跳舞你也跳。”南条转过身子说道。

“谁叫您还在装瘸子，谁叫您还不把那根骗人的拐杖扔掉。”星枝的声音亲切地震颤着。

南条倏忽跳跃过来，拉起星枝的右手催促道：

“只要有一根活生生的拐杖就行啦！”

星枝出乎意料，似乎被南条趁势用力一拽，身子前倾，手里的白桦树枝也忘记松开了。

那个树枝从主干上折断下来。

星枝失去支撑，扑通一声倒在南条怀里。

“您真坏，真坏！”

星枝扬起折断的树枝，假装要抽打南条，但南条没有抬起那根长长的拐杖加以遮挡。

南条也趁势来了个趔趄。

他拄着拐杖站稳身子说道：

“既然可以扶着温软的人肉杖跳舞，还用这根劳什子做什么？”

说罢，用力将那根拐杖高高地扔了出去。

于是，他邀请星枝一起跳舞。

正在出神地望着高飞的拐杖的星枝，此时突然切切实实泛起一种不应有的娇羞之态。

起初，她尚未注意到自己的娇媚，其后她蓦地飞红了面颊。

南条手把手指导星枝，使她慢慢跳起舞来。

星枝一边浅浅推拒着，一边合着步调跳着。不久，南条看到两人的身体已经乘上同一股情感的热流，随之加快了舞步。

“站起来啦！瞧，我的腿一下子站起来啦！就像这样啊！”

南条高喊着，紧紧拉住星枝的手不放，她的身子宛若卷裹于烈火的旋涡之中。两人回旋跳跃了一阵，南条欻然将星枝抱了起来。

接着，慌忙奔向树林深处。

他轻轻抱着星枝，再也看不到瘸行的步态，那动作仿佛还是舞蹈的继续。

夕暮将临，晚风劲吹。一群小鸟似乎被风追击着，打庭院上空飞过。

一边跳一边脱，两人的鞋子和南条的上衣，被罩在树木长长的阴影里。那树影随着晚风飘摇不定。

八

是去赶马市吧，小马驹沿着山路走下来。

饲主骑着一匹骒马，小马驹没有系什么辔头，噔噔噔地跟在后头，显得十分老实可爱。

三四个乡下人，背着成捆的小青竹走了过去。

旁边的小山改造成游乐场风格。可以听到做游戏的男女小学生的童谣，似乎是百人大合唱。

小山坐落在流向山谷的小溪旁边，南条从刚才起就坐在小溪岸上，时而怯生生地回头望望小路，时而看看近处山峦对面山脉顶端奔涌的夏云。

星枝和父亲肩并肩走下山岗。

父亲仰望着传来童谣的小山，说道：

“孩子们早已到来了啊。”

南条看见星枝的父亲也一起来了，随即团身躲进芒草荫里。

灼热的阳光令人不安，时时注意周围动静的星枝，一眼认出南条，不由得加快步伐，想迅速超越过去。

父亲望着谷底小溪和对面山峦，没有在意。

“他们都是东京来的体弱的儿童，租住胜见的宅子。那里本来是胜见的蚕种培育场，如今也变成宿舍了，想想真是无情啊！”

星枝心不在焉地听着。

“不过，比起偌大的舱房任其空闲着，白白地结满蛛网，目前这样做也许很合乎胜见的办事风格。不再培育蚕种了，转而培育人之种胤了。这就是胜见常挂在嘴边的为社会服务、为国家尽力。他这是免费借住。即使办葬仪也是如此。记得那时对你说过，他是蚕种业界老大，曾经获得过总裁宫两万日元奖金。作为一位不仅在地方而且在中央蚕种工会举足轻重的人物，他的葬礼真是太冷清了！尽管他本人作为一介乡村学者蛰居于荒野寒村，但节俭也得有个限度啊。毕竟为业界大腕儿，连东京的蚕丝界名士都蜂拥而至，参加葬礼。尽管我这个朋友也觉得没面子，不过都是遵从死者的遗书进行的。听说，他将丧葬费都捐献给村里了。万般皆是这一行事风格。”

“是吗？”

“近来，体弱儿童之类很多啊。”

“嗯。”

“以前每年也有学生到胜见这里来，他们都是蚕丝专业学校的学生，是来实习的。也只有胜见这样的怪人，会为研究蚕种而漫游世界。因为他富有名望，当地人每每推举他做县议会议员和国会议员，但他总是说育种繁忙，没有空闲，还说此种研究更能为国出力。一辈子与蚕共存，再也找不到如此令人感佩的男子汉了。他并非出于贪欲，而完全是出于热爱。”

他们围绕小山转了一圈，最先出现在父女二人眼前的是胜见家的白粉墙蚕种培育场。

这座房屋耸立于小河岸整齐砌筑的石崖上，一时令人想到城堡。那是状如仓房的二层建筑。白粉墙上仿佛切割一般，开着两排窗户，一律大敞着，但都镶嵌着纸障子。

仓房一端转成直角之处，是日常住居的古风的平房。仓房建筑远比平房雄伟壮观。

“那里的标本资料和研究书籍，眼下也都束之高阁、无人问津，所以我正打算劝他们捐献给专业学校或蚕丝会馆。”

“为什么不做蚕种培育了呢?”

“大概因为胜见去世了吧，儿子也不可指望。为了保护胜见蚕种的信用，仅是蚕种一项，也不是容易的事。必须不断进行新的研究，力争不在改良的竞争中输掉。假若培育的蚕种有损于胜见的名誉，不如干脆停止，倒还能帮助贫弱蚕种商家一把。这或许就是夫人的想法吧。”

“能帮助弱小的蚕种商，那太好了。”

“傻瓜，最重要的是培育良种，提高蚕茧质量。你说话也像一个体弱儿童，看问题太小气，应该练练打手枪。”

“手枪？”

星枝嘀咕着，宛若小声地回忆一场噩梦。

“是手枪。昨天打中了，太高兴了。这样的天空，这样的山间空气，连响声都不一样。今年冬天，我带你去打猎。”

父亲说罢，尽力抬头仰望晴空。

“而且，一个女子使唤那么多人，恐怕也不愿意操那份心。她财雄一方，现金不多，股票也多是属于地方的，但山林倒不知道有多少。

“我回去就练习打枪吧。”

“不要跟妈妈说。这座仓房或许还会恢复。以前的职工虽说是职工，也是胜见的工作助手，都是这方面的行家，他们都来跟我商量，打算振兴胜见蚕种。正因为是胜见的弟子，对于研究十分热心。不过，叫他们亲自做生意就不行了。”

“所以他们请爸爸出山，对吗？”

“也不是什么了不起的买卖。打算先征求一下夫人的意见，然后可以成立一家小型公司，先有个经营的模式。”

“这些同那件事有关吗?”

“哪件事？你的婚事吗？别说傻话了，就是因为你这么胆小、多疑，所以才说你是体弱儿童。我知道胜见的儿子迷恋你，他很可怜。不过，那小子并不傻气。”

父女二人来到胜见家门前。

宽阔的庭院巨木萧森，深幽静寂，一看就知道是名门望族，散发着时代的馨香。

远看并不华美，但来到门外向内窥探，宅子既古雅又富有品味，略显晦暗，古趣盎然。

写有“胜见蚕种培育场”的大招牌，依然原封未动挂在仓房的白粉墙上。

父亲停住脚步。

“稍微进去看看古代建筑的修葺吧。公交车乘下一班就行了。晚上能到那边就可以了不是吗?”

星枝轻轻摇摇头，一边望着父亲的表情，一边说：

“那件事希望爸爸为我辞退吧。”

“唔。”

父亲眼望着星枝，似乎说着“先这样”，随之走入胜见家大门。

星枝倏忽抬头瞥一眼仓房，随即离开了。

走下那道斜坡就是温泉浴场。

跟在其后时隐时现的南条，看到星枝只有一个人时，急忙追了上来。他今天依旧拄着松叶杖，但走起路来疾步如飞。

走到大浴场前，南条高声呼叫：

“星枝小姐，请等一等，星枝小姐！”

这里是村中的公共澡堂，是一座寺院风格的建筑。为了排放蒸汽，屋顶上安设了格子窗，上面叠盖着一层小屋脊。

在旁边树林树荫里玩耍的村中儿童，听到南条的叫声，都一起回头望着这边。

星枝惶悚地站立着，忽然闭上眼睛，接着又冷然地睁开来。

“怎么又是松叶杖？”

“我从后面追来，你不知道吗？”

南条气喘吁吁，声音明朗。

“我知道。”

“我在报上看到竹内老师巡演的消息，心想星枝小姐也一定去城里。所以我在游乐场下面等你走过。我从午前一直在那里等你。我还想见见令尊请求给予关照。但似乎又有些突然，也想弄清楚你的真实想法。”

“请父亲关照什么呢?”

“你问是什么？那么在这之前，必须先让星枝小姐你彻底了解一下我这个人，了解一下这根松叶杖。你一开始就说这松叶杖是假的，你一直憎恨、贬低这根松叶杖。然而，叫我扔掉松叶杖，最先使我站立起来的，也正是你星枝小姐！我应该感谢这根爱的魔法杖!”

“恶魔之杖!”

“这可是法兰西制品，我拄着它从法国走到美国，我对它寄有深情。如今有了温暖的人杖可以倚靠，终于要同它分别了。假若昨天没有看到星枝小姐的舞蹈，或许一辈子都离不开这根拐杖呢。”

“真像神话啊。”

“神话?”

“嗯，像希腊神话里的舞蹈。”

“啊，是的。实际上那就是希腊少女的舞蹈。我当在舞蹈中获得了新生。就像邓肯[1]回归于希腊

1 邓肯：指伊莎多拉·邓肯（Isadora Duncan，1877—1927），美国舞蹈家、现代舞创始人，创立了基于古希腊艺术的自由舞蹈。

舞蹈之魂，重新创作舞蹈一样。”

“我不是神话里的少女。我是说那样的舞蹈是神话。还是请您把我看成一个可怜的疯子吧。”

“什么？你是说我中了邪魔了，还是说你我身份悬殊？我爱上你就是不切合实际的幻想吗？”

“那就是所谓的舞蹈。我昨天也说了。我已经停止跳舞了。很可怕！那就是舞蹈吗？我现在真正地清醒了，心情平静了。我想平凡地生活，这一生再也不跳舞了。我希望您放过我。”

“那样想，胆小鬼！”

“南条君，您也是啊，您今天不是依旧拄着松叶杖吗?”

星枝说着，逃也似的跑进那里的车库，但想到南条一定会跟着上车，星枝看看南条的脸色，蓦地离开那里，抄小道逃走了。

南条对星枝的这种举动并不在乎，依然紧追不舍。

这里是布满灰白沙石的河滩之畔，温泉旅馆面向这边敞开着窗户，展露着庭院。

河滩两侧小山重叠，蜿蜒低伏。星枝远远眺望河川下游，感到背部直出冷汗。

“你老是松叶杖、松叶杖地挂在嘴上，其实我要说的正是此物。你听听吧，我把自法国以来使用的松叶杖突然扔掉，能那样跳起舞来，这究竟靠的是什么？在这奇迹的瞬间……”

“我厌恶奇迹。”

“那是胆小鬼。奇迹并非鬼神妖术，是生命之火的燃烧！只要跳起舞来，立即就能燃烧生命之火，真是个受到上天恩惠的人儿啊！”

“我不稀罕。”

“星枝小姐，和昨天一样，你这是害怕自己的天才啊。”

“是的呢。我没有理由和昨天不同。”

南条怪讶地望着星枝。

“这样的谎言骗得了谁呢。只要一跳起舞来就会像进入梦境一般把它忘掉。”

“我说的什么是谎言？”

“当然是谎言了。星枝小姐除了舞蹈，其他都是谎言。你就是这么个人。可没法笑话我的松叶杖，就说星枝小姐你吧，特地用松叶杖支撑自己的青春，而今又绷紧心胸，压抑情感，故意逞强，这才是虚假呢。在我离开的这几年，日本姑娘怎么都变得这样了呢？”

“哎，我才更是这么想。您虽然随心所欲说了这么多，但因为您长期待在国外，您的话我一点儿都听不懂。”

“是吗？其实我们要说的都通过昨天的舞蹈传递给对方了。舞蹈家只能通过舞蹈互相沟通，语言是麻烦之物。虽然你我都说过‘不跳舞了，不跳舞了’，然而一旦离开舞蹈我们两个就无法生活。这不就是最有力的证据吗？”

“这是神话，是不负责任的。”

“你的意思是‘我不爱你’，这我很明白。不过，承认爱上一个人，怎么会叫星枝小姐如此犯难呢？”

“您这是误解。”

“我再跟你说得明确些吧。或许我应该先向你道歉才是。我只顾陶醉于喜悦之中，做梦也不曾想到会被再次推入幽暗的地穴。我简直不敢相信。是星枝小姐误解了我。首先说这根松叶杖。令尊是做生丝生意的，家又住在横滨，如果星枝小姐懂点股票行情，就会对我的松叶杖倍加同情。你可以想象，五年来我在西洋过的是怎样凄苦的生活。当我顶着‘新回国人员’这块豪华的招牌站在舞台上的时候，肯定会有人嘲笑我：‘瞧，这个叫花子，丢尽日本人的脸。’就是那些在西洋看不起我的日本人。这根松叶杖，对模仿一个乞丐来说，既合适又便利。”

南条用松叶杖敲敲足踵，说：

“不过,这绝非假冒。我患上了严重的风湿病。那时我混不饱肚子，身体随之衰弱下来。寒冬腊月，又点不起炉子。说是神经痛、风湿病，但厉害的时候，膝盖会发出嘎吱嘎吱的响声，走着走着，就要倒在地上，疼得就像骨头断了一样。虽然后来靠着这根松叶杖勉强可以走路，但跳舞是不行了。这样一想，身心一片空白。打算托付大使馆送我回来，虽说太丢人，但除了这个没别的办法，只得等着这么办。这种病虽然到医院看过，但不是短期就能治愈的。西洋温泉又是豪华场所，不得已只好自己注射麻醉药止疼。药物中毒，脑子受到影响，灵魂腐败了。这就是我的西洋之旅。直到昨天看到星枝小姐跳舞之前，我一直就是一堆行尸走肉。”

河岸的小路不知何时变成了坡道，登到顶端就上了公路主干道。夏季酷热，无名花草散发出难闻的气味，白蝴蝶款款飞翔，令人目夺神摇。

南条停住脚步，擦擦汗水。

“你也应该理解我藏在船室时的心情。虽然当时不一定非拄着拐杖不行，只是觉得作为一个废人，重新踏入日本国土，手执松叶杖就是一种标识。与其说我没脸见竹内老师，莫如说我不愿意面对码头上受到人们欢迎的场面。我想隐姓埋名地活着。再说，我对一个日本人能不能跳好西洋舞也抱有怀疑。”

“既然那么艰难，当初偏要绕道美国再回日本，这不是很奇怪吗?”

“啊？那完全因为那位夫人，那位夫人就是我的恩人，是她送我回日本的。”

此时，正好驶来一辆公交车，南条不再说下去了。

星枝突然扬起手，叫车停下，冷眼拒绝似的瞥了南条一下，算是告别，转身登上汽车。

南条理所当然地慌忙随后跟着上车。

星枝突然红着脸，不知为何，一直红到脖颈。她羞涩难耐，怯生生地低头不语。

“请停车!”

她突然大叫一声，豁出性命跳了下来。

事出意料，南条来不及站起身来。

星枝保持跳车的姿态原样伫立不动。她没有在意额头的汗水，只是目送着公交车尾扬起的灰白的尘埃，极力忍住激烈的心跳。车子消隐于山阴背后，星枝腿脚麻痹，猝然倒在路旁草丛之中。

就这样，她立即痛哭起来。

夏草燠热的野外，不见有人通行。

九

铃子按照平时的习惯，依然带着舞台上的舞姿，体态轻盈地回到后台。意外发现星枝呆呆地对镜而坐，她高兴得仿佛在梦中。

“啊呀，星枝，你怎么来啦？好开心啊！”

她说着，从后头一把抓住星枝的肩头，趁势滑坐下来。星枝被铃子夹持在两膝之间。

铃子一身可爱的装扮，犹如魔幻森林里的吹笛牧童。

那少年分开裸露的两腿，像个大姐姐似的摇晃着星枝。

“大老远的，特地跑过来啦？好想你呀。你吓了我一跳。瞧你，一个人若无其事的样子。”

星枝蓦然闭起眼睛。

铃子有些不安地问：

“你怎么啦？太难为你了，有什么话特来跟我说说吗？”

“没有，听到铃子你的声音，心情好些了。”

“唉呀，你好坏，耍心眼儿。不过咱们好久没见了。老师也会大吃一惊的。连信都不回，又去用望远镜看海港了吧。”

“给你打电话了，没打通。”

“电话，是吗？电话没有了。”

“没有电话了？”

“这些事回头再说吧。”

星枝睁开眼来，环视一下屋内。

“后台真脏啊。”

“不要这么说，人家会听到的。在乡下这算好的了。后台怎么都行，但最叫人头疼的是糟糕的舞台。公共会堂和学校都不能跳舞，照明不好，真是苦恼啊！不过，老师也一起来了，我们从未灰心丧气。我们只管好好跳舞，没有一次马虎过。戏装是不是都有汗味了？已经出来二十天了，老师真可怜，因为你说过不喜欢参加浴衣宣传旅行，于是老师也只好亲自出马了。”

“是吗？”

“每天都很闷热，进入梅雨季节了。”

“心情郁闷啊。”

“只要一跳起舞来，就不会郁闷了。”

铃子离开星枝，站立起来。

“你可以对老师说，家里不肯放你出来。本来嘛，一个大小姐，老师也估摸着家人不会让你出门旅行的。”

舞台上响起了钢琴声。

铃子看看星枝，示意她这是竹内老师的节目，紧接着就立即准备下一个节目的服装，备齐后就放在那里。看来是竹内和铃子师徒二人的双人舞。

“都是些令人怀念的戏装啊！”

“是的呢。”

“星枝啊，你的脸色不好。坐车太累了吧。你想念我们，特来玩玩的吗？我能这么干高兴吗？”

“我和父亲来这里好几天了。”

“啊，又该避暑了吗？”

“大概是为了生意。”

“是的，这里是蚕茧之乡。这样我就放心了。本来我想，追到这种地方来，对于星枝你来说，是有些不可思议啊。”

铃子说罢，笑了，她回到镜台旁。

“请让我一下，整整妆。”

“嗯。”

星枝点点头，铃子的脸孔进入镜面，当将要同自己的脸孔和面颊叠靠在一起时，星枝似乎有点儿胆怯，冷不防打了个激灵。

铃子惊讶地问：

“你怎么啦？突然不跳舞了，身体有些不舒坦吧？真是个怪人。”

“不是呀，是你把上过妆的脸同我的脸紧挨在一起，那张脸使我仿佛觉得来到这里还没有见过你。好不开心啊。”

“是吗？”

“给我也化化妆吧。”

“真是个调皮精，眼下我正忙着呢。”

铃子一边说，一边胡乱给她扑些白粉，擦点胭脂。

星枝活像只偶人，紧紧闭着双眼。

“天太热，大致抹一下就行啦。”

铃子转回头，从侧面望着星枝的脸。

“你的脸既适合于薄妆，也适合于浓妆。真是一张好面孔啊！啊，对了，对了，跳《花的圆舞曲》的时候，你硬说你这张脸就是一副苦相。还记得吗？”

“早忘啦。”

“真是个好忘事的主儿啊！”

铃子正要给星枝画眉，看到一滴眼泪顺着面颊流淌下来。

“哎呀。”

铃子不由停住手，立即强忍住自己的惊奇，若无其事地微笑着，为星枝擦去泪水。

“这是什么呀？给我吧。”

星枝犹如一副美丽的能面，闭着眼睛问道：

“铃子，你爱南条君吗？”

“是啊，我爱他。”铃子明确地回答，“怎么啦？”

“你说得很肯定嘛。”

“是很肯定。”

“是吗？”

“或许打小时候起，我就净想着他。但我怀疑，我真的那样纯情吗？不过，说是爱，其实是意志。南条君即使是坏人，是残废，我都不在乎。我要把他在西洋获得的本领，全都学到手，把他掌握的东西全部拿过来。即使换来一个‘失恋者的复仇’这一头衔，我也在所不辞。对于他，必须具有这样的爱的意志！不论发生什么事，我都要同南条君一起跳舞。只要能同所爱的人一道随心所欲翩翩起舞，就是死了也心甘情愿！”

铃子越说越激动，不知何时她已经挤掉星枝镜台前的位置，动作麻利地着手下一个舞蹈的化妆了。

“我都想过了，乍听起来，爱情似乎为了功利，其实不然。这是爱的意志！感情这东西，已经不可信赖了。当今的世道，就是这个样子。越是有才能的人，感情越脆弱。恋爱，只要有意志贯彻其间，纵然失败也不会酿成悲剧。它可以穿越一切，卓然独立！我厌恶后悔，希望毫无遗憾地活着。”

星枝只是茫然地听着。

“为了磨炼舞蹈，我不惜付出一切代价，我不愿继续守护着那种清寒而贫乏的思想。回首过去，我真是太没出息啦！”

“舞蹈究竟好在哪里呢？”

星枝孩子般地问。

“你问好在哪里？舞蹈就是我这个人活着的目的。”

“这个是假象。”

“那么，什么是真相？对于你来说，到底什么是真的呢？”

星枝淡然地回答：

“请不要再说了。哎呀，烦死啦！”

“我说星枝，你不是问我爱不爱南条君吗？”

铃子似乎动怒了，她斜睨着星枝，但又主动如梦初醒地微笑了，可那微笑又突然僵硬起来。

“好奇怪呀，干吗要突然说起这些来呢？究竟出什么事了？”

接着，她探寻地望着星枝。

星枝感觉到了她的视线，冷不丁用反驳的口气说道：

“南条君，他不是瘸子。”

“啊？”

“他能跳舞。”

“你见到他了？星枝！是发生了什么吧，是吗？这下我知道了。”

“没什么事。”

“你别瞒着我呀，听你这么一说，我仿佛觉得很早就明白了。”铃子沉静地说。

这时候，竹内走了进来。

“啊，怎么跑到这里来了？好久没见啦。”

说着他坐在一旁的镜台前，皱起眉头，一边脱去戏装一边说：

“天很热啊。”

铃子拧干了手巾为竹内擦身子。她手指发颤。

“老师！”

“怎么了？”

“听说南条君他不是瘸子，他能跳舞。”

铃子抓住竹内背后的肌肉，脸孔贴在他的肩膀上，嘤嘤啼哭起来。

“不要哭，等等。”

竹内甩开铃子，霍然站立起来。

因为这时候，他发现南条呆呆地站在后台入口。

南条倚着松叶杖，垂首而立，看那副姿态，没有拐杖支撑，他就会颓然倒地。

“老师，我向您赔礼来了。”

“什么?”

竹内怒不可遏，正要冲过去，冷不防星枝突然站起来，将他挡住了。

“老师，不要这样。”

“你闪开！南条你这东西!”

竹内走过去，忽然对南条一阵猛打。

“混账！瞧你，哪像个人啊!”

南条不由得躲避似的扬起松叶杖。

“你要干什么？拿起那个东西想干什么?”

铃子单手撑地，默默注视着。

星枝插进两人之间，说道：

“老师，算了吧。那根松叶杖是假的!”

星枝一副半开玩笑的口气，宽慰着老师。

南条不知想起了什么，忽然变了脸色，“畜生!”他骂了一声，抡起松叶杖，一下子打在星枝的肩膀上。星枝倒在竹内怀里。

由于受到星枝身体的冲击，竹内向后摇晃了

一下，在台阶上一脚踏空，仰着身子跌落下来。

舞台上，同行的女歌手们齐声高唱欢乐的流行歌曲。

竹内被搬送到医院，后脑勺受了重伤，右侧肘部疼得不能动弹。

于是，由南条代理竹内的角色，加入大家的巡演之旅。

当天深夜，离开了这座城市。

坐在从医院驶往车站的回程汽车里，三个人都沉默不语。在进入检票口前，铃子一手夺下南条的松叶杖，吩咐道：

“抓住我的肩膀！”

说罢，随即伸过来自己的肩膀。

尔后，她把松叶杖顺手交给星枝：

“把这个扔掉吧，放着它还会出危险的。”

“是啊。”

星枝点点头。

然后，星枝立即折回医院看护竹内。

译后记

川端康成《花的圆舞曲》连载于一九三六年四月至五月的《改造》杂志，是作者以芭蕾舞演员为中心的两部小说（另有《舞姬》）中的一部。

《花的圆舞曲》从文体上看，结构比较松散，似乎写到哪是哪，可以随断随续，随写随跳。当行即行，当止即止。即使到了文末，也不像是故事结束，还可以继续写下去。就连作者自己也认为这部作品属于未完成之作。川端曾说过："未完成的作品才是最佳的。"但当有人提出，《花的圆舞曲》不是写到了最后的舞蹈吗？他回答说："是的，是这样的。不过，此作就像剪掉屁股的蜻蜓，按那个结尾，其实还得再写一半，但是我已经无法写下去了。"

或许作家故意留下余音袅袅，为后来的读者设下无限想象的空间吧。

《花的圆舞曲》以世界芭蕾舞之冠《胡桃夹子》的一群青年男女演员为题材，写出他们在舞台上为艺术献身，舞台下悲欢离合的情感世界。从而告诉我们，一旦登上舞台，就应该为舞蹈艺术奋斗终身。同时，我们从南条等人的形象塑造中，也切实感受到艺术家艰苦卓绝的成长之路。

如果说《花的圆舞曲》写的是芭蕾演员的青春时代，那么《舞姬》就是写出了他们的中年和老年时代。波子、竹原、矢木，或许相当于步入人生成熟期的铃子、星枝、南条等人。

人生行路难。要想赢得艺术之腾飞，需要承受终身之辛苦。

台前掌声一片，台后十年汗水。弄不巧，一杆松叶杖也换不来一个大飞跃。

作为一位著名作家，川端康成的艺术修养和志趣爱好是多方面的，舞蹈，茶道，围棋，字画古玩，古都建筑，神社佛寺，四季节庆……，简直就是一轴无尽藏的压缩绘卷。

原文按空行分为九个自然段，为便于翻检，译文分别添加了序号。请留意。

译者

二〇二一年秋初稿于春日井

二〇二二年仲夏改订

图书代号：WX22N1830

图书在版编目（CIP）数据

舞姬·花的圆舞曲 /（日）川端康成著；陈德文译. —西安 :陕西师范大学出版总社有限公司, 2023.3（2023.3重印）

ISBN 978-7-5695-3022-3

Ⅰ. ①舞… Ⅱ. ①川… ②陈… Ⅲ. ①短篇小说－小说集－日本－现代 Ⅳ. ①I313.45

中国版本图书馆CIP数据核字（2022）第101265号

舞姬·花的圆舞曲

WU JI · HUA DE YUANWUQU

[日]川端康成 著 陈德文 译

出 版 人 刘东风
策划机构 雅众文化
策 划 人 方雨辰
责任编辑 焦 凌
责任校对 宋媛媛
特约编辑 马济园
装帧设计 小椿山
封面插图 铃木智惠
出版发行 陕西师范大学出版总社
（西安市长安南路199号 邮编 710062）
网 址 http://www.snupg.com
印 刷 北京市十月印刷有限公司
开 本 787 mm × 1092 mm 1/32
印 张 11.75
字 数 180千
版 次 2023年3月第1版
印 次 2023年3月第2次印刷
书 号 ISBN 978-7-5695-3022-3
定 价 60.00元